Kristian Kähler / Markus Pönitz

Das Nonplusultra für den Autotelefonisten

rasant – unabhängig – originell

Illustriert von Rainer Ludwigs

Eichborn Verlag

Die Deutsche Bibliothek – CIP-Einheitsaufnahme

Kähler, Kristian:
Das Nonplusultra für den Autotelefonisten : rasant – unabhängig – originell / Kristian Kähler ; Markus Pönitz – Frankfurt am Main : Eichborn, 1993
ISBN 3-8218-2456-5
NE: Pönitz, Markus, Ludwigs, Rainer [Ill.]

Umschlaggestaltung: Rüdiger Morgenweck unter Verwendung einer Zeichnung von Rainer Ludwigs
Satz: TechnoScript, Bremen
Druck und Bindung: Fuldaer Verlagsanstalt GmbH
ISBN 3-8218-2456-5
Verlagsverzeichnis schickt gern:
Eichborn Verlag, Kaiserstr. 66, D-6000 Frankfurt/Main 1

Inhalt

Das Autotelefongefühl

Sie kennen das: Man ist unterwegs. Nicht lange, aber doch. Und das öfter am Tag. Mal eben schnell was besorgen, mit den Kindern ins Schwimmbad, mit dem Auto zum Einkaufen, abends mit Freunden etwas essen. Oder als Freiberufler: All die kurzen Fahrten, die man nebenbei erledigt. Zwar anders, dennoch vergleichbar: Handwerker, Monteure oder andere Dienstleister, die täglich auf Tour und in der Stadt ihren Job erledigen.

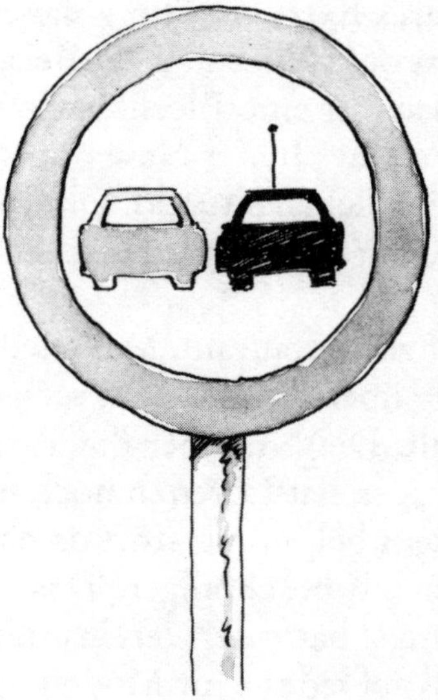

Das Auto gab uns allen die Freiheit, sich schnell und ungehindert überall hinzubewegen. Doch was ist mit der Erreichbarkeit? Da wir nun alle ein Auto haben, fehlt nur noch das Gerät, um auch stets überall erreichbar zu sein: Das Autotelefon. Wo immer sich der moderne Mensch befindet: Ob im Stau auf der Autobahn, in der Warteschlange am Skilift oder im Bett mit Madonna: er kann jederzeit angerufen werden.

Die Freunde des gepflegten Fahrstils haben es längst spitz. Das automobile Fußvolk ist ihnen gnadenlos auf den Fersen. Längst ist die S-Klasse nicht mehr nur dem Geldadel vorbehalten. Seitdem es Leasing und einen schwungvollen Handel mit gebrauchten Nobelkarossen gibt, fahren auch leitende Angestellte und Handwerker Top-Klasse.

Kein Wunder also, daß sich die Zubehörindustrie maßlos über die telekommunikative Erfindung schlechthin – das Autotelefon – freut. Für die wahren Chefs auf Deutschlands Straßen haben sie immer ausgefeiltere und teurere Autotelefone parat. Wer ist schon so wichtig, daß er wirklich jederzeit erreichbar sein muß? Und wem ist das schon ein paar Tausender pro Gerät und 1,70 Mark pro Gebühreneinheit wert? Wo die dumpfe Masse sich gerade mit Mühe den Luxusschlitten zusammengespart hat, setzt man lieber noch eins drauf: ein gut sichtbares Extra am Ohr – das Autotelefon.

Das Autotelefon ist das Ohr zur Welt. Beispiel: Stau auf der Autobahn, eingeschlosssen in eine Blechkiste. Was soll man nur mit sich und der Zeit anfangen? In der Nase popeln? Was wäre der moderne Mensch in einer solchen Situation ohne sein Autotelefon? Ein vereinsamtes Nichts, ein Niemand zwischen Blech, Gestank und Wut.

Oder im italienischen Restaurant. Mal wieder hat einen der Kellner bei der Bestellung übersehen. Macht nichts. Schnell zum Hörer gegriffen und gewählt. Die Nummer des Pizzabringdienstes. Und siehe da: So große Augen hat Lorenzo noch nie gemacht. Daß man flugs Hausverbot erteilt bekommt, stört da natürlich kaum noch.

Doch wir wollen nichts beschönigen. Das Autotelefonieren birgt auch Gefahren. Unlängst hatte der Verein Anonymer Autotelefoniker durchgesetzt, daß auf jedes neue Modell folgender Hinweis aufgedruckt wird: »Der Bundespostminister warnt: Autotelefonieren kann süchtig machen«. Während eine durchschnittliche deutsche Familie rund 190 Einheiten pro Monat vertelefoniert, schafft ein Autotelefonist diese Zahl pro Tag.

Wer braucht schon ein Autotelefon?

Die Autotelefonforschung steckt noch in den Kinderschuhen. Dieser jüngste große Fortschritt der Menschheitsgeschichte, seit der Erfindung des Feuers und der Rauchzeichen, wurde erst von sehr wenigen Zeitgenossen voll erkannt. Nachdem die vollständige Mobilität im Stau steckenzubleiben droht, beschert uns nun die Technik die vollständige Erreichbarkeit per Autotelefon. Neben solchen historischen Problemen quält sich die neueste Forschung mit der Frage, wie wohl der wahre Autotelefonist aussieht.

HE SIE, TELEFON!

Übelmeinende, von Sozialneid gequälte Zeitgenossen gehen davon aus, daß es sich beim Autotelefonisten lediglich um die neuste Version des Angebers handelt. Dies ist ein fatales Vorurteil. Höchstens für 95 % der Autotelefonisten dient das Autotelefon oder eine Attrappe dazu, das Selbstwertgefühl zu steigern. Ein großer Teil (mindestens 0,5 %) ist unbedingt auf das Autotelefon angewiesen (Polizei, Bundesgrenzschutz und Autotelefonverkäufer). Und immerhin 4,5 % können triftige Gründe für den Besitz eines Autotelefons angeben, sind aber über den Verdacht latenter Angeberei nicht erhaben. Auch wer sein Autotelefon unbedingt braucht, neigt auf freier Wildbahn zu einem ausgeprägten Präsentiergehabe.

Lässig sitzen schicke junge Leute an der Sylter Strandpromenade auf der Kühlerhaube ihres Sportcabrios und halten sich ihr Handy ans Ohr. – Klare Nachwuchsyuppies, Aufschneider, Schnösel. Aber auch der Westmanager in Dresden plaziert sich und den sündhaft teuren Maßanzug ohne Rücksicht auf Verluste im Dreck der verkoteten Motorhaube. Nein, nein, der Mann hat schon eine schwere Aufgabe, aber er trägt sie und sein Autotelefon mit Stolz. Während er von der Firmenzentrale in Frankfurt die neuen Direktiven zur Abwicklung der VEB Reizwäsche einholt, kann er sich sein siegesgewisses Lächeln nicht verkneifen.

Diese Art, den Blick über graugesichtige Ostarbeiter und Plattenbauten streifen zu lassen (Motto: »Euch kriegen wir schon klein«) hat schon manchen braven Ossi durchdrehen lassen. In Dresden wurde ein autotelefonierender Westmanager mit Eisenstangen von der Motorhaube geprügelt. In Rostock beendete ein Kamikaze-Trabi jäh die Siegerpose des Wessis. Kurzum, bedrückende Fragen drängen sich auf. Sollte es so sein, daß das Autotelefon das Schlechte in uns weckt? Daß es uns zu peinlichen Protzern macht? Ein fürchterlicher Verdacht, der ungeahnten Mißkredit über dieses nützliche Gerät gebracht hat. Dieses Buch will helfen, einige Vorurteile auf eine gesunde Basis zu stellen und obendrein dem Autotelefonbenutzer Tips im Umgang mit dem neuen Arbeitsgerät an die zu Hand geben.

Kleiner Ratgeber zum Autotelefonieren

Die paar Riesen für das neue Autotelefon mußten hingeblättert werden, so daß jetzt auch ordentlich dafür telefoniert wird! Aber mit wem? Haben Sie Sorge, ihr teures Gerät nicht genügend auszulasten? Ängstigen Sie sich, kein vollwertiger Autotelefonist zu sein? Dem kann abgeholfen werden. Als erstes steigern wir mittels Sofortprogramm die Zahl der täglichen Telefoneinsätze.

Tip 1
Jede Gelegenheit suchen, das Autotelefon zu benutzen – auch wenn sie Ihnen noch so fadenscheinig vorkommt. Rufen Sie jeden an, dessen Nummer Sie kennen, auch wenn es dafür keinen Grund gibt. Es gibt endlos viele Menschen, denen es schmeichelt und die es aufregend finden, aus dem Auto angerufen zu werden. Autotelefonieren ist sexy. Ihren Geschäftspartner beweisen Sie, daß Sie Geld und Erfolg haben.

Tip 2
Eine Liste anrufbarer Leute erstellen. Suchen Sie sich jeden möglichen Vorwand, ihre Mitmenschen mit einem Telefonanruf zu belästigen.

Tip 3
Grundsätzlich bei den Geschäftspartnern anrufen und das Eintreffen ankündigen. Termine so unmöglich legen, daß Sie diese nicht einhalten können. So haben Sie die Möglichkeit, mit einem Telefonat aus dem Auto den Termin zu verschieben.

Tip 4
Kontrollrufe angewöhnen: Den Schneider fragen, ob der Anzug schon fertig ist. Bei der Sekretärin nach der neuesten Post erkundigen (Faxe lassen Sie sich sowieso nachsenden); sich von den Geschäftspartnern über die neuesten Umsätze unterrichten lassen.

Tip 5
Fragen Sie aber auch ihren alten Kumpel Harry nach dem Fortgang seiner Liebschaften. Telefonieren Sie regelmäßig ihre Ex-Bekanntschaften durch.

Tip 6
Im Car-Memo alle Geburts- Hochzeits- und sonstigen Tage ihrer Bekannten speichern. Gratulieren Sie, was das Zeug hält! Bedanken Sie sich für Einladungen und sprechen sie selbst welche aus! Alles natürlich vom Auto aus.

Kurzum: Seien Sie immer auf Draht! Sammeln Sie Informationen, tun Sie sich um. Ihre Zeitgenossen werden es ihnen mit tausend Rückrufen danken. Und ihr Autotelefon wird niemals stillstehen.

Gespräche abwürgen

Zum Einmaleins des Autotelefonisten gehört es nicht nur, eine Telefonlawine zu erzeugen, man muß sie auch beherrschen können. Was tun, wenn Sie die Anrufe, die Sie so sehnlichst herbeiwünschten, nicht mehr loswerden?

Funkloch

Es gibt Leute, die behaupten, daß die schrecklichen Störungen im Funktelefon von der Post beabsichtigt sind. Sonst würde nämlich keiner mehr die Dinger kaufen. Wieso? Ein Funkloch ist so etwas wie die »Schwarzen Löcher« in den Science-Fiction-Filmen. Im Funkloch können Sie nicht nur die gräßlichen Klingonen verschwinden lassen, sondern auch alles andere Unliebsame. Die Schwiegermutter, den Steuerberater, die Ehefrau, den Mann oder den Chef. Kurzum ihren Gesprächspartner. Kommt der einem dumm, dann einfach das Senderrauschen des Radios auf volle Lautstärke drehen. (Perfektionisten fahren zusätzlich noch das Fenster runter.) In jedem Fall sind Sie bei der Geräuschkulisse genötigt, den anderen Fernsprechteilnehmer gehörig anzubrüllen (ja, ja, das wollten Sie schon immer ...): »Verdammt! Ich glaube, ich komme in ein Funkloch! Hallo?! Hallo? Hören Sie mich?« (Infernalisches Rauschen) Jetzt den Telefonhörer direkt vor die knackenden Lautsprecherbox halten. Die Taste ›Trennen‹ betätigen und entspannt weiterfahren.

Übrigens: In einigen Autofachversänden kann man sogar Kassetten oder CD's mit typischen Funklochgeräuschen bestellen. (unverbindliche Preisempfehlung: 69,80 DM)

Ausreden

Die meisten Leute haben ihr Autotelefon nur, weil sie zweimal täglich im Stau steckenbleiben und sich deshalb ständig bei ihren Kunden entschuldigen müssen. Noch mehr Menschen brauchen mittlerweile ihr Autotelefon, um es zu mißbrauchen.

Stau 1

Wer täglich drei Stunden im Stau verbringt und so jeden zweiten Termin verpaßt, ist um keine Ausrede mehr verlegen. Einfach bei den Kunden anrufen. Die sind immer mordsmäßig beeindruckt: ›Chef, Herr XY will sie sprechen, er ruft aus dem AUTO an‹. So eine Entschuldigung kommt natürlich wesentlich besser, als wenn man abgehetzt und zwanzig Minuten zu spät erscheint. Den Stau glaubt einem dann sowieso keiner! Auf diese Weise kann man so manches gemütliche Päuschen in irgendeiner Autobahnraststätte rausschinden.

Stau 2

Mit der Staulüge lassen sich auch hervorragend unliebsame Termine neu disponieren. Selbst wer faul im Büro rumsitzt, sollte die Vorteile des kollabierenden Massenverkehrs nicht ungenutzt lassen. Einfach eine Kassette mit Autobahngeräuschen einlegen und der Anruf aus dem Büro kommt voll glaubwürdig rüber: »Tut mir leid, ich stehe im Stau und komme 2 Stunden später ...«

Steckbriefe typischer Autotelefonbesitzer

Camper

Nee, das will ich nich haben, ne. Das bringt nix als Ärger. Stell Dir vor, ich sitze auf unserm Campingplatz im Siegerland und dauernd ruft die Tante Erna aus Wanne-Eickel an! Ne, das wär fürchterlich. Kein bißchen Ruhe hättste dann. Dauernd irgendein Arsch der was will. Ohne mir!

Handwerker

Handwerk hat goldenen Boden, warum nicht auch ein Autotelefon? Wenn der Fliesenleger mit seinem Jeep über die Schnellstraße kachelt, telefoniert er gerne. Er braucht das Ding zwar nur, um stets seinen Kunden zu Diensten zu sein, aber mittlerweile schikaniert er damit auch gern seine Angestellten. Ständige Kontrollanrufe halten die Mannschaft auf Trab. Die müssen den Atem des Chefs im Nacken spüren, sonst spuren sie nicht.

Journalisten

Immer auf der Suche nach einem präsentablen Gemetzel, waren die Journalisten bisher auf teure und umständliche Technik angewiesen. Damit ist jetzt Schluß! Wie folgendes Beispiel zeigt, ist ein Autotelefon für den zeitgenössischen Journalisten unverzichtbar. Dem neuen D-Netz sei Dank, sind wir nun endlich problemlos in ganz Europa live dabei: – »Meine Damen und Herren, ich bin verbunden mit unserem Reporter in Sarajevo. Herr Walde, wo sind Sie jetzt? Können Sie mich verstehen?« – »Ja, ganz ausgezeichnet. Ich sitze hier mit meinem Autotelefon in einer Tiefgarage, und um mich herum schlagen die Granaten ein.« (Im Hintergrund infernalisches Getöse). – »Herr Walde, wir verstehen Sie so schlecht?!« – »Jaaaa, (schreit), der Beschuß wird sehr stark.« Starke Explosionsgeräusche. Knattern, Rauschen, Stille. (Studio:) – »Ja, das war unser Livetelefonat mit Herrn Walde aus Sarajevo. Wir machen weiter mit etwas Musik.« (Jingle setzt ein: Hitradio! Immer aktuell! plärr, plärr ...).

Hacker

Die Piraten aus der Computerszene wissen längst, wie man die Autotelefonisten aufmischen kann. Ein Hamburger Hacker über die Perspektiven: »Zugegeben, das neue D-Netz ist eine echte Herausforderung. Das wird gar nicht einfach, die digitalen Gesprächscodes zu knacken und dann wieder zusammenzusetzen. Momentan beschäftigen wir uns noch damit, die Richtfunkstationen effektiv zu stören. Was da neu gemixt wird, kann man auch noch mal so richtig durchrühren, bis nichts als Datensalat übrigbleibt. Dann haben die Leute nur noch Gefiepse und Geknatter im D-Netz. Hehe!«

Ökos

Die Zurück-in-die-Steinzeit-Fraktion mag natürlich keine Autotelefone. Nur Greenpeace hat eine Sondergenehmigung, weil sie das Autotelefon unbedingt für den ökologischen Partisanenkrieg brauchen. Der Rest der Ökos bekämpft den rasant anwachsenden Elektrosmog. Autotelefone verschmutzen die Umwelt unsichtbar. Die bundesweit aufgestellten Richtfunkantennen haben die elektroni-

sche Strahlung verzehnfacht. Immer mehr Initiativen werden gegen die Aufstellung von Richtfunkantennen gegründet. Zwar wurden bisher alle Klagen besorgter Bürger abgewiesen, doch hat das Nürnberger Oikos-Institut eine Studie in Vorbereitung, die erstmals die Schädlichkeit von Elektrosmog beweisen soll. Die Betreiber des D-Netzes und die Telekom wählen bereits willige Forscher für ein Gegengutachten aus. Postminister Schwarz-Schilling verglich kürzlich den Streit um den Elektrosmog mit dem Kampf um das Atomprogramm und gab die Losung aus: »Wir werden um keinen Preis auf die Freiheiten des Mobilfunks verzichten.«

Raser

Wenn Sie nicht selbst zu dieser Sorte gehören, dann haben Sie diese Typen schon zigmal im Rückspiegel gesehen. Raser und Drängler wissen es längst: Mit dem Autotelefon kann die Freiheit grenzenlos sein. Da gab es doch Zeiten, wo die rechte Hand des Autofahrers völlig funktionslos war. Haltsuchend tätschelte sie den Schaltknüppel oder das Knie der Beifahrerin. Schluß damit! Lässig die Linke am Steuerrad. In der Rechten halten wir unser Autotelefon. Und während wir den Tagesbefehl in die Muschel brüllen, klebt der Fuß am Bodenblech und die Stoßstange am Vordermann. Und noch ein Vorteil: früher war man im Auto gänzlich beschäftigungslos. Stauzeit war Grübelzeit. Man brütete darüber, warum die kesse Blonde aus Müllers Reisebüro einen abblitzen ließ. Bisher hatte doch ein Luxuswochenende im London Plaza noch immer gereicht?! – Schluß damit! Zum Telefon gegriffen und was anderes klarmachen! Zum Beispiel die Supermaus im Vorzimmer des Steuerberaters (die lächelt immer so erwartungsvoll ...), gesagt, gewählt.

Politiker

Mit nur einem Telefon wird sich kein richtiger Politiker zufriedengeben. Während der Chauffeur den Mercedes 500 SEL Dienstwagen mit 250 Sachen über die Autobahn jagt, hantiert der Politiker auf der Rückbank mit mindestens drei Telefonen gleichzeitig. Ein rotes für dringende Gespräche, wie zum Beispiel die Einkaufsliste seiner Frau. Das gelbe für die heimlichen Telefonate mit der Geliebten und das grüne als Stand-by-Leitung mit der Bundestags-Kantine.

YUPPIE

Schnell ist sein Leben, schnell ist sein Auto und schnell muß der Kurzwahlspeicher des Designertelefons funktionieren. Vorzugsweise benutzt er postalisch nicht zugelassene Telefone aus dem Mutterland des Funktelefons, den Vereinigten Staaten von Amerika. Seine Telefonmodelle wechselt er wie andere ihre Hemden: wöchentlich. Lieblingsbeschäftigung: Einkaufsfahrten nach New York.

Das Telefon und damit natürlich auch das Autotelefon sind für ihn lebensnotwendig. Wie sonst könnte er aus Rimini seinen Herrenausstatter in München anrufen, um die neusten Armani-Sakkos zurücklegen zu lassen? Selbstverständlich möchte er auch in Mailand seine Drinks – Kir Royal und Daikiri – in der In-Bar vorbestellen. Denn Warten ist für ihn fast so schlimm wie ein Besetztzeichen.

Sein Vermögen hat der Yuppie durch erfolgreiche Börsenspekulationen erworben. Aber auch wenn der nächste Aktiendeal schief gehen sollte: Allein vom Erlös der zu Hause gestapelten Telefone könnte eine vierköpfige Familie ein Jahr lang leben. Ein Ableger des Yuppies ist der »Berufssohn«. Diese Spezies ist es von Kind auf gewohnt, mit Autotelefonen zu hantieren. Nicht umsonst hatte Daddy schon im Go-Kart ein kleines Funktelefon einbauen lassen.

Angeber

Schon von weitem fällt der Angeber durch seinen krummen Rücken auf. Denn er hat das größte und schwerste Funktelefon, das auf dem Markt erhältlich ist, erworben und trägt es am reißfesten Tragriemen aus echtem Schildkrötenleder tagaus und tagein mit sich herum. Auffällig auch die durch den ständigen Kontakt mit der dauerhaft ausgefahrenen Richtantenne zerstochene linke Gesichtshälfte.

Am liebsten telefoniert der Angeber im Straßencafé. Wo sonst kann jeder Passant – natürlich auch die niedliche blonde Bedienung – das bombastische Funktelefon bestaunen. Mit geschäftigem Blick wählt der Angeber dann die Nummer seines Sportstudios, um sich nach den neusten schweißtreibenden Geräten zu erkundigen. Aber auch an so unverfänglichen Orten wie dem Strandbad möchte der Angeber ständig und immer erreichbar sein.

Damit das Telefon häufig klingelt, hat sich der Angeber einen Stamm von Anrufern zusammengesucht, die ihn zu allen möglichen und unmöglichen Zeiten anrufen, um über Börsengeschäfte, die neue 24-Meter-Yacht und den Aufriß von gestern Abend zu plauschen.

Die Billigversion des Angebers besitzt gar kein Funktelefon, sondern eine gut sortierte Sammlung von Kassetten, die typische Stör- und Autofahrgeräusche imitieren. So kann er immer behaupten: »Hallo Süße, rate doch mal, von wo ich Dich gerade anrufe ...«

Akademiker

Die Freunde von Toskana, Terracotta und eines guten Gesprächs haben sich schon immer schwer mit der Angeberei getan. Anstatt ihr Auto ein bißchen geil aufzumotzen, z.B. mit einem Fetzen Tigerfell auf den Armaturen, ein bißchen breiter und tiefer oder was für die Aerodynamik tun... Nein, statt dessen gucken sie bloß indigniert. So was finden sie kultur- und niveaulos. Ja, unsere Akademiker sind in puncto optische Aufwertung ihres Nobelfahrzeugs völlig humorlos. Doch Jungs und Mädels von der Intelligenzia, wir haben euch längst durchschaut. Alles nur Masche! Der Trick mit dem ›Wir-haben-das-nicht-nötig‹ zieht nicht mehr. Längst sind die Fronten aufgeweicht. Immer mehr Akademiker schwenken mit ihrem Telefon auf die Überholspur. Auch der rasende Doktor genießt es, am Tropf der Kommunikation zu hängen.

Handelsvertreter

Er ist der geborene Audifahrer, der von einem 190er träumt. Doch dafür reichts meistens nicht. Irgendwann allerdings kommt der große Tag, da bekommt die Verkaufskanone der Vertriebsabteilung ein Autotelefon verliehen. Nicht, daß es unbedingt notwendig wäre. Im Gegenteil, so ein Angeber wird damit nur unnötige Kosten verursachen, weil er ständig mit seinen Sportsfreunden aus dem Tennisclub rumtelefonieren wird. Aber in der Führungsetage sieht man das Ganze als kleinen Anreiz für die Kollegen. Jeder Spitzenverkäufer bekommt das Autotelefon für einen Monat verliehen, danach werden die Karten neu gemischt. Divide et impera, wie der Latriner sagt.

Ausländer

Ohje! Da ist dem Autor die extrem undankbare Aufgabe zugefallen, nicht nur frauen- und männerfeindlich zu sein. Nein, er muß auch noch über unsere ausländischen Mitbürger herziehen. Solche fahren bevorzugt den größten aus der S-Klasse, weil er besonders mit verdunkelten Scheiben und gepanzerten Türen seriös aussieht. Insgesamt lassen sich lediglich zwei Sorten von ausländischen Autotelefonisten ausmachen: entweder handelt es sich um Diplomaten oder Geschäftsleute. Diplomaten bringen Bauzeichnungen in den Irak oder nach Südafrika, und Geschäftsleute kümmern sich rührig um das Amüsement ihrer deutschen Kunden. Daß sie dabei gelegentlich gewalttätig werden müssen, ist in der Branche üblich, wird ihnen aber seltsamerweise von einigen Deutschen übel genommen. Und alles weitere wissen Sie doch schon längst aus der Bildzeitung, oder?

Steuerberater

Eigentlich findet er diese hohen Gebühren unverantwortlich. Sein Juniorpartner hat ihm so ein Autotelefon aufgeschwatzt, damit er ständig erreichbar ist. – Das ging doch früher auch ohne? Ob der Junior ihn überwachen will? Über die Gebühren führt er genauestens Buch, um ja keine Einheiten zu verschwenden. Und wenn er eine Telefonzelle findet, telefoniert er lieber von dort, weil es billiger ist.

Polizisten

Unsere Polizei kennt das Autotelefon nur aus Diebstahlsmeldungen. Lediglich die höheren Dienstgrade, das BKA und Fernsehkommissar Derrick sind mit modernen Geräten ausgestattet. Der Rest greift auf die mittelalterliche Funke mit Telefonhörer zurück.

Terroristen

Für Terroristen ein völlig unbrauchbares Spielzeug. Jedes Arschloch kann die Teile abhören und den Sender orten.

Lady Di

Ich habe noch nie von einem Autotelefon aus telefoniert. Und ich bin auch noch nie von einem Autotelefon aus angerufen worden. Das muß eine Verwechslung sein.

Bauer

Was ein Bauer mit einem Auto- beziehungsweise mit einem Trekkertelefon soll? Da fragen Sie noch?! – Natürlich kann man als Bauer seine Amtsgeschäfte (Aushandeln der neuen Milchquote und Bestellen frischer Hormone) wesentlich stilechter vom tuckernden

Trecker aus führen. Auf der letzten AGROTEC im niedersächsischen Cloppenburg wurde ›Happy Farming‹ vorgestellt. Mit Hilfe des Autotelefons als zentrale Steuerungseinheit kann der Bauer nun per Tastencode die Melkmaschine anwerfen, die Hormonzufuhr regeln oder die Schweine schlachten. Zur Zeit befindet sich Happy farming allerdings noch im Versuchsstadium.

Spione

Neben den allgemein bekannten Mobilfunknetzen sind noch zahllose geheime drahtlose Kommunikationssysteme in Betrieb. Immer mehr Spione lassen sich die unauffällige Hörmuschel ›Observator 2000‹ ins rechte Ohr implantieren (man erkennt sie an der schiefen Kopfhaltung und den intervallmäßig auftretenden Ohrenschmerzen – wg. Funkstörungen). Das Goldkabel wird an den Backenknochen vorbei unter dem Brustkorb verlegt und tritt in der Leistengegend wieder aus. Die Basisstation befindet sich in der Hose und ein Hemdknopf dient als Mikro. Observator 2000 ist eine Modifikation des 35 Jahre alten russischen Modells ›Observatski Kontrollska‹. Mit diesem Gerät konnte der KGB abtrünnige Agenten mittels eines hochfrequentigen Tons ins akustische Jenseits schicken.

Phonefreak

Er hat einen Sammeltick. Und wie alle Sammler neigt er zu kleinkarierter Besitzstandsmehrung. Doch leider sind Autotelefone nicht so billig wie Gartenzwerge oder Sammeltassen. Als letzter Ausweg bleibt nur, die Dinger mal auszuborgen. So aus Studienzwecken. Die lassen sich ja ganz einfach ausbauen. Mittlerweile hat er die ganze Modellpalette zuhause: alle Fabrikate fürs B, C und D-Netz. Nicht zum Telefonieren, er will sie doch bloß anschauen und ein bißchen dran rumbasteln.

Pensionär

Wenn er mit seinem Mercedes Coupé über die Autobahn gleitet, dann freut ihn der technische Fortschritt. Nicht daß er sein Autotelefon bräuchte – aber wozu benötigt ein 70jähriger schon Rosenholzarmaturen, einen Landsitz, ein Diner mit 16 Gängen oder eine 23jährige Freundin?

Pfarrer

Autotelefonieren ist einfach göttlich. Völlig drahtlos durch den Äther – das ist voll metaphysisch. Und ungemein praktisch dazu: Wenn man bei Aldi mit dem Einkaufswagen voller Meßwein in der Schlange steht und ein treues Gemeindemitglied droht zu verscheiden, ja, was dann?? Autotelefon sei Dank, ist man erreichbar und braucht nun nicht mehr alles stehen und liegen lassen. Die letzte Ölung gibt es drahtlos – mit dem G-Netz.

Detektiv

In seinem Observationsbus steht die komplette Richtfunkdatenentschlüsselungsanlage. Das Autotelefon hat ihm ein riesiges neues Betätigungsfeld verschafft. Was glauben Sie, wieviele Leute gerne wissen wollen, mit wem ihre Frau oder ihre Geschäftspartner so alles telefonieren?! Der Detektiv hat sein Autotelefon nur aus Repräsentationsgründen. Benutzen würde er es nie. Oder soll die Konkurrenz etwa wissen, was er so treibt?!

Managerin

Bevorzugt benutzt sie ihr Autotelefon, wenn sie eine Verabredung mit ihrem Liebhaber hat. Dann ruft sie den Ehemann in dessen Auto an, um ihm mitzuteilen, daß sie noch einen wichtigen Termin hat: »Schatzi, ich muß heute außerhäusig Essen.« – »Macht nichts Liebling, ich auch.«

Ehefrau

Genauso wie es jetzt den Airbag für die Ehefrau gibt, setzen sich immer mehr Beifahrerinnen durch und wollen das Autotelefon für den Einkaufswagen. Schlaue Ehemänner haben ein Einsehen, denn der neueste Stadtklatsch hilft auch ihnen weiter.

Karrierefrau

The show must go on, sagt sie sich. Kleiderschrank und Wohnung sind eine erlesene Designerkollektion. Sie selber die Perle des Büros, immer zu Diensten. So wie der Chef es von ihr erwartet. Aber beim Autotelefon hat sie etwas gezögert. Ob das nicht doch übertrieben sei? Eigentlich brauchte sie es nicht. Und ein Autotelefon im 3er BMW, ist das gar ein Stilbruch? Müßte es dann nicht das Mercedes Coupé sein? Oder wäre sie damit über das Ziel hinausgeschossen? Fragen über Fragen. Andererseits werden die Dinger immer billiger. Bald hat jeder eins. Nein, entweder man greift jetzt zu, oder nie.

Frauen allgemein

Im Grunde ist Autotelefonieren reine Männersache. Frauen sind risikobewußt und fahren schon deshalb Autos mit Automatik, damit sie immer beide Hände am Steuer haben. Wie also als Frau autotelefonieren?

Frauen versuchen niemals mit überflüssigen, technischen Spielereien zu beeindrucken. Das Autotelefon mit seinen vielen Speicherplätzen, Zielrufen und Codecards ist ihnen zuwider. Und die Geste des rasenden Oberbefehlshabers auf deutschen Straßen lehnen sie instinktiv ab. Solch schneidiges Auftreten bewundern sie lieber beim eigenen Ehemann.

Nein, der einzige Reiz des Autotelefons ist die typisch weibliche Lust am Telefonieren. Endlich könnten die lästigen Autofahrten kurzweiliger werden. Doch was kostet das! Viele Ehemänner, die ihren Frauen generös ein Autotelefon auf den Gabentisch gelegt haben, stehen nun vor dem Ruin: Eine Stunde ist schnell vertelefoniert und kostet 100,— Mark.

MÄNNER ALLGEMEIN

Hartnäckig hält sich das Gerücht, daß die Lust des Mannes am technischen Spielzeug etwas mit unausgelebter Sexualität zu tun hat. Das Autotelefon, die überflüssigste Erfindung seit dem 450 PS, V12 Motor mit 48 Ventilen, ist so ein Spielzeug. Es bietet dem paarungswilligen, aber gehemmten Männchen, die Möglichkeit zu ungebremstem Imponiergehabe auf der Autobahn. Daß der Vordermann angstschlotternd das Weiße im Auge seines Jägers erblickt, reicht schon lange nicht mehr. Während er einhändig dem untermotorisierten Restverkehr eine Lektion erteilt, möchte er zugleich entspannt telefonieren. Eigentlich widmet er sich ganz seinem Gespräch. Er ignoriert die ewige Grenzsituation Straßenverkehr souverän, schließlich ist der Autotelefonist ein kultivierter Drängler. Weder läßt er sich zu unflätigen Flüchen hinreißen, noch schäumt er vor Wut und speichelt gegen die Scheibe, wie es der Golf GTI-ler gerne tut. Nein, der Autotelefonist terminiert alles, was die Überholspur blockiert, so cool wie Alain Delon seine Gegner in den besten Zeiten. Keine sichtbaren Emotionen. Nur der eiskalte Hauch männlicher Überlegenheit im verschwitzten Nacken des Vordermanns.

Der Autotelefonforschung ist es gelungen, auch den Telefonhörer als weiteres Aphrodisiakum zu identifizieren. Bezog das Männchen früher seine taktilen Reize von der erotisierenden Wirkung des Schaltknüppels, erfüllt nun der kompakte Handyhörer diese Funktion. Die kommunikative Banane wird im Gesichtsbereich vom Mund bis zum Ohr gehalten. Noch streiten die Experten, ob sich hier ein verkappter Wunsch nach Oralverkehr äußert (wohl gar homophile Neigungen?!) oder ob das zärtliche Anschmiegen an den Telefonhörer und der taktile Reiz der formschönen Griffmulden das autotelefonierende Männchen stimuliert.

Prominente und ihr Autotelefon

Wer unbedingt ein Autotelefon haben sollte

Sowieso alle. Sie, ich und meine Tante Erna in Gelsenkirchen (wenn sie denn Autofahren könnte). Die Autotelefonverkäufer sind sich völlig sicher, daß bald jeder gute Deutsche sein Telefon spazierentragen wird – ob im Auto oder auf dem Boulevard. Wir haben mal nachgerechnet, was diese massenhafte mobile Telefonitis zu gegenwärtigen Tarifen kosten würde. Bei täglich halbstündigem Telefonieren käme man auf immerhin 50,— Mark, monatlich also läppische 1500,— Mark. Nun wissen wir auch, warum die Verkäufer von der Telefondemokratie träumen. Ergo, fürs erste ist Autotelefonieren etwas für Leute, die zuviel Geld und Geltungsbedürfnis haben. Zu solchen Leuten gehören grundsätzlich die sogenannten Meinungsführer, also die Prominenz.

Wer alles ein Autotelefon hat und wer keins

Fast alle Gangster haben eins. Oder sind die, die eins haben, Gangster? 15 Prozent aller Geräte sind als gestohlen gemeldet, aber noch in Gebrauch. Folglich werden sie fortan von Gangstern benutzt.

Gangsterjäger Horst Tappert hat auch eins, wie uns eine Werbeanzeige glaubhaft machen will. Horsti, das alte Triefauge, wird uns nach durchzechter Nacht mit Telefonhörer am Ohr und aus dem Fenster glotzend präsentiert. Doch Horsti alias Derrick ruft nicht etwa im Studio an, um sich für sein onkelhaftes Kommissarentum zu entschuldigen. Nein, er beglückt uns mit der weltbewegenden Feststellung: »Ich stecke im Stau, fangt doch schon mal mit der vierten Szene an.« Horsti, an dieser Stelle ein ernster Verweis! Du weißt doch genau, daß Du vor München immer in den Stau kommst. Also sauf weniger, damit Du morgens rechtzeitig hochkommst!

Natürlich haben noch ganz viele andere beliebte Unterhaltungskünstler ein Autotelefon. Wenn sich herumsprechen würde, wer, kein Hersteller könnte mehr für den Prestigewert dieses Gerätes garantieren. Einen langen Kampf führte Heino mit seinem Autotelefon. Mit seiner Sonnenbrille konnte er nie das Display lesen. Der arme Musikant hat sich dauernd verwählt und seine Fans verwirrt: –

»Hallo, hier ist Heino ...« – »Und ich bin die schwarzbraune Haselnuß. Hahahaha ...!«

Profifußballer haben grundsätzlich eins, damit sie nie einen Anruf vom Bundestrainer verpassen. Didi Hallervorden konnte sich nicht entscheiden, welches Netz er nehmen sollte. Hans Rosenthal braucht keins mehr. Rudi Carell hat selbstverständlich eins, weil es so enorm professionell ist. Und Wim Thoelke weiß gar nicht, was das ist. So und hier noch einige weitere bekannte Promis mit Autotelefon:

Boris Becker

Verwechselte bekanntermaßen seinen Tennisschläger mit dem Autotelefon. Seit einer Vorhand Slice mit dem Telefon und einem erfolglosen Anruf mit dem Tennisschläger bei Ion Tiriac hat Boris sowohl Schläger als auch Telefon abgeschafft und will nun mit Babsi Schafe in Schottland hüten.

John F. Kennedy

Die nunmehr von der CIA lückenlos vorgelegten Geheimunterlagen über das Ableben von John F. Kennedy haben es enthüllt. Kennedy wurde das Opfer seiner eigenen Telefonsucht. Da der Präsident seine durch das Funktelefon in die Höhe geschnellte Fernmelderechnung nicht bezahlen konnte, machte die amerikanische Telefongesellschaft Kabel Gesellschaft Banal (KGB) kurzen Prozeß mit dem Politiker.

Madonna

Ein echter Funktelefonfan ist Popsternchen Madonna. In ihrem Apartment in New York stapeln sich mehrere verschiedene Modelle. Derzeitiges Lieblingsgerät: Ein Telefon in Form und Funktion eines Vibrators.

King Kong

Besaß auf seiner einsamen Südseeinsel eine Spezialanfertigung in der Größe eines Mehrfamilienhauses. Aufgrund der enormen Produktionskosten für Hörer und Tastatur verschuldete sich das affige Monster und geriet auf die schiefe Bahn. King Kong entführte die weiße Frau und setzte New York in Angst und Schrecken. Zum Schein ging man auf seine Lösegeldforderungen ein, lockte den Riesenaffen auf das Empire State Building und schoß das hilflose Tier ab.

Frankenstein

Verrückter Wissenschaftler, der ein menschliches Autotelefon auf dem OP zusammentüftelte. Doch Frankenstein kam nicht straffrei davon. Ihr Monopol auf Telefone und FTZ-Nummern ließ sich die deutsche Telekom nicht nehmen. Wildgewordene Postler stürmten die Burg Frankensteins, zerrten den Abtrünnigen heraus und brachten ihn an Ort und Stelle samt Telefon um.

Dr. Jekyll und Mr. Hyde

Durch Persönlichkeitsspaltung wird aus Dr. Jekyll Mr. Hyde und umgedreht. Der erste Mensch der Welt, der mit sich selbst telefonieren konnte. Zugleich auch der Erfinder des Selbstgesprächs.

Helmut Kohl

Kein vernünftiger Politiker kann ohne Funktelefon auskommen. Helmut Kohl also schon. Obgleich der gewichtige Vollblutpolitiker eines aus der Portokasse von Rita Süßmuth bezahlt bekommen hat. Was wäre er auch ohne? Man stelle sich vor: Helmut K. fährt in seinem aus der Bundestagsgarage ausgeliehenen Mercedes 500 SEL von Bonn nach Köln. Unterwegs fällt ihm ein, daß er sein Lieblingsrezept für pfälzische Saumagen vergessen hat. Flugs wird Hannelore angerufen und per Mobilfax die Anleitung zugeschickt. Wofür unser ranghöchster Politiker das braucht? Solche kleinlichen Fragen verbitten wir uns in diesem unserem Lande!

Mutter Teresa

Religiöse Missionarin mit 3 275 Falten. Ordert per Funktelefon die

Veröffentlichung ihrer guten Taten und bestellt bei ihrem Hausschneider wöchentlich neue unförmige Gewänder.

ELVIS PRESLEY
Der Schnulzensänger aus den Vereinigten Staaten von Amerika liebte sein Autotelefon bis zur letzten Stunde seines Lebens. In einem Freßanfall verschlang er nicht nur sieben Hamburger, zwei Kilo Pralinen und sieben Liter Cola, sondern auch noch aus Versehen sein Funktelefon. Dies war dann auch der Grund seines plötzlichen Todes.

MARILYN MONROE
Manche mögens heiß und manche am liebsten mit Autotelefon. Die verletzliche Sexbombe hatte gleich drei Funkgeräte. Je nachdem, wo es klingelte, wußte sie, welcher Liebhaber gerade am anderen Ende der Leitung war: Der Baseball-Star Joe Dimaggio oder einer der beiden Kennedys.

JIMMY CARTER
Bekannter Erdnuß-Bauer aus den USA. Seine Karriere als Politiker endete mit einem gescheiterten Anruf in der Botschaft von Teheran.

Statt sieben amerikanische Geiseln freizupressen, schickte ihm die politische Führung Teherans sieben arabisch geknüpfte Schonbezüge für das Autotelefon.

FRANZ BECKENBAUER
Ex-Nationaltrainer, Fußballweltmeister, Sprücheklopfer und neuerdings Esoterik-Fan. Hat sein Autotelefon verkauft. Braucht er ja auch nicht mehr. Jetzt wird mit Karma und Kosmos transzendental telefoniert. Das spart sogar Telefoneinheiten und ist zu 99% funklochfrei.

KONRAD KUJAU
Gescheiterter Hitler-Tagebuch-Schreiber und Handschriftenexperte. Sein Coup mit dem Stern flog auf, weil er Hitler in Band sieben der Tagebücher mit einem Funktelefon aus dem Jahre 1972 hat telefonieren lassen.

Katrin Krabbe
Urinpanscherin und Kurzstreckenrennerin, die sich wegen geplatzter Werbeverträge ihr Funktelefon jetzt nicht mehr leisten kann. Wofür sollte sie es auch brauchen. Nachdem ihr Trainer im Knast sitzt und Grit Breuer aufgrund einer Überdosis Testosteron zu Gert Breuer wurde, ruft außer der BILD-Zeitung bei unserer ›Gold-Krabbe‹ sowieso niemand mehr an.

Hella von Sinnen
Nationallesbe, die sich ihre Liebhaberinnen per Telefonrundruf sucht. Kreischt so stark ins Telefon, daß schon in mehreren Autotelefonen interne Sicherungen herausgesprungen sind. Hat schon mehrere Telefone regelrecht zusammengeschrien. Besitzt daher Spezialanfertigung, die selbst höchste Frequenzen unbeschadet übersteht.

Alice Schwarzer
Nationalemanze, die seit Jahren einen angestrengten Kampf gegen die phallische Form des Autotelefons führt. Eigentlich ist sie ganz gegen das Telefon, welches sie als Zeichen der patriarchalen Struktur der Gesellschaft betrachtet. Warum ? Das weiß sie leider auch nicht.

Der Papst
Urbi et Orbi-Rapper und Meßweintrinker aus Polen mit Sitz im Vatikan und Faible für lange Kleider und viel Schmuck. Aufgrund der unpraktischen Einrichtung des Zölibats immer auf Hand-Jobs angewiesen. Telefoniert dafür umso lieber mit dem Heiligen Geist, Jesus Christus oder der Telefonsex-Zentrale.

Gott
Geistiger Übervater. Braucht das Autotelefon, um dem Papst die neuesten Sprüche über die Pille zu übermitteln. Kommuniziert mit seinen Engeln über Funk. Bei den riesigen Entfernungen im Himmel würde es mit Telefonleitungen nur ein heilloses Chaos geben.

Aleister Crowley
Schwarzmagier und Okkultist mit einem Faible für allerlei Drogen.

Hat die Geistanrufung unkomplizierter gemacht. Statt dem altmodischen Tingeltangel mit Gläser rücken oder Pendel schwingen rief er seine Geister per Autotelefon an. Die Unvergänglichkeit der Geister ließ jedoch Crowleys Telefonrechnungen immens in die Höhe schnellen. Darum kam bei den meisten Anrufungen das Zeichen ›Kein Anschluß unter dieser Nummer‹, denn Dämonen nehmen bekanntlich keine R-Gespräche an.

JAMES BOND
Geheimagent mit Lizenz zum Telefonieren. Auch Kinoheld: »Man telefoniert nur zweimal«, »Telefonieren und telefonieren lassen«, »Goldtelefon«. Liebt seine Gespräche gerührt und nicht geschüttelt.

SIGMUND FREUD
Gilt als Erfinder der Psychoanalyse und Designer einer neuen Generation von Liegen: der Couch. Seine Patienten ließ er denn auch auf diesem Möbelstück Platz nehmen. Während der Meister im Auto zum nächsten Kongress fuhr, hielt er mit seinen zehn Autotelefonen zehn Traumsitzungen zu gleicher Zeit ab. Neben jeder Couch stand eine Freisprecheinrichtung. So konnte der »Schrecken aller Krankenkassen«, wie Freud spaßhaft genannt wurde, mehrere Therapien und Sitzungen gleichzeitig durchführen. Nachahmer dieser Methode fand er in vielen Kassenärzten der heutigen Zeit.

Leute, die unbedingt keins haben sollten

Sagen wir mal die 95%, die bloß mit ihrem Autotelefon angeben wollen, die dürfen keins haben. Wo bleibt denn da die Exklusivität, wenn jeder Arsch auf der Autobahn telefonieren darf. Jetzt bietet sogar schon Volkswagen Autotelefoneinbau an. Die Proletarisierung der Statussymbole scheint unaufhaltsam. Meinetwegen ein Schnurloses für Zuhause, das sieht man wenigstens nicht.

Die Autos der Autotelefonisten

Japaner
Würden die Japaner eine vernünftige S-Klasse bauen, dann wäre das Autotelefon natürlich serienmäßig. So reichts leider nur für eine Attrappe.

Mercedes Benz
In der S-Klasse ist das Autotelefon ein ebenso obligatorisches Extra wie das Lenkrad. Genauso wie der Airbag für die Beifahrerin soll nun auch bald das Autotelefon für Ehefrau oder Freundin eingeführt werden.

BMW
Da kann der ewige Zweite auf Deutschlands Straßen sich mühen wie er will. Telefonieren im BMW bleibt peinliche Angeberei. Dem BMW-Fahrer fehlt die angeborene Amtlichkeit und Souveränität

der Fahrer mit dem Stern. Man merkt sofort, daß der BMW-Fahrer es nötig hat, den Fetten zu machen. Das sieht man schon daran, daß er so viel Geld für seinen 750il ausgegeben hat.

Fiat Panda

Bravo! Das hat Charme! Die tolle Schrottkiste unterstreicht Ihr Gefühl für Understatement. So wendig wie Ihr kleiner Stadtflitzer sind Sie auch im Denken. Ihr Telefon kostet genauso viel wie ihr Auto. Das zeigt, wo Sie Ihre Prioritäten setzen.

Jeep

Für den Jeep ist das Autotelefon obligatorisch. Jeepbesitzer können ihren unbändigen Freiheitsdrang gar nicht genug unterstreichen. Verzweifelt sucht der Jeepfahrende draußen im Naturschutzgebiet das längst verloren geglaubte Abenteuer, indem er die Sumpfdotterblume in den Matsch drückt. Und dann ist er so begeistert über dieses Erlebnis, daß er sofort zum Autotelefon greift, um es den Gästen seiner Stammkneipe mitzuteilen.

Audi

In nächster Zukunft, wenn das Autotelefon weniger als 1000,— Mark kosten sollte, dann hat auch jeder Audi 80 eins ... Noch müssen unsere Handelsvertreter mit Attrappe am Ohr drängeln.

Ferrari

Keine Zeit und keinen Platz für so einen Schnick-Schnack. Entweder ich fahre oder ich telefoniere! Capito!?

Golf

Bis jetzt weigern sich noch alle Händler standhaft, ein Autotelefon in den Golf einzubauen. Wie hinter vorgehaltener Hand zu erfahren war, wäre der mit dem Golf verbundene Imageverlust für den Autotelefonhandel zu groß.

Manta

Beule oder was?! In moinen Manda komm' mir kain Audodelefon rein! Eh, ich hab' moine CB-Funke. Geht von Bochum bis nach

Herne 3. Hab' ich alles voll im Griff, Mann. Voll goil. Ich bin Manni 4. Muß dir merken Kumpel! Bin immer auf Draht.

Rolls-Royce
Irgendwie gehören diese lästigen kleinen Geräte seit neuestem wohl dazu. Die Werkstatt hat neulich bei der Inspektion so eins eingebaut. Man weiß gar nicht, was man damit soll. Glücklicherweise verschwindet diese aufdringliche Apparatur unauffällig im Handschuhfach. Meistens lasse ich mich von James entschuldigen. Die Leute telefonieren heute ja wegen jeder Kleinigkeit. Unsäglich.

Jaguar
Für schnelle Geschäfte braucht man einfach ein Telefon. Ein Kilo Stoff hier, ein paar Frauen da ... Nein, nein, so ein Telefon hält einen auf Draht.

Ford
Wie der Name schon sagt, werden Autotelefone nur in Autos eingebaut.

Motorrad

Seitdem die Apo-Opas zu Geld gekommen sind und ihre Jugendträume mit einer Harley ausleben, sieht man vermehrt Autotelefone auf schweren Maschinen. Einzig mit der Verständigung während der Fahrt hapert es noch etwas. Der Helm stört. Aber wir sind sicher, daß bald Kopfschützer mit integrierter Gegensprechanlage auf den Markt kommen. – Damit Papis zweitliebstes Spielzeug nicht ungenutzt zu Hause stehen muß.

Fahrrad

Im Gegensatz zum Motorrad gibt es keine Helmprobleme. Aber da Fahrradfahrer in der Regel 100 % Pragmatiker sind, würden sie niemals auf die Idee kommen, sich mit einem überflüssigen Gerät zu belasten, das ungefähr so viel wiegt wie ihr Fahrrad.

Kinderwagen

Früh übt sich der Nachwuchsyuppie! Aber mal im Ernst: Das Autotelefon ist natürlich nur zur Sicherheit im Kinderwagen. Damit man über die Funktion ›Mithören‹ jederzeit lauschen kann, wie das kleine Ferkel rülpst, pupst und schreit.

Die Geschichte des Autotelefons

Kommunikation und Austausch von Informationen waren schon immer ein Anliegen der Menschen. Verständlich, daß Mittel und Wege gefunden werden mußten, diese zu übermitteln. In puncto Telekommunikation sind vergangene Epochen aber nicht so zurückgeblieben, wie allgemein angenommen wird.

Auch wenn ihre Popularität erst seit kurzem rapide zugenommen hat, die drahtlose Nachrichtenübermittlung und das Funktelefon beschäftigten schon seit jeher die Erfinder und Techniker ihrer Zeit.

Ein Forschungsbericht von Prof L. Eitung, jetzt auch als Buch unter dem Titel »Amüsante Geschichten aus 2 Millionen Jahren Funktelefon« erschienen, gibt nun endlich Aufschluß.

Die herkömmliche Sicht

Ende des vergangenen Jahrhunderts wies der italienische Ingenieur und spätere Nobelpreisträger für Physik, Guglielmo Marconi (1874–1937) die Möglichkeit drahtloser Nachrichtenübertragung nach. Ausgehend von diesem Ergebnis entwickelte sich die Funkübertragungstechnik äußerst rasch.

Bereits im Jahr 1918 wurden die ersten Mobilfunkversuche in Berlin unternommen. Auf der Strecke Berlin–Zossen wurde ein Funktelefon in einem fahrenden Eisenbahnzug ausprobiert. Der erste öffentliche Zugtelefondienst wurde 1926 offiziell auf der Strecke Berlin–Hamburg eröffnet.

Nach einer Reihe weiterer Versuche in den 30er und 40er Jahren begann die eigentliche Entwicklung der Mobilfunktechnik Anfang der 50er Jahre. Die Vorteile der Meterwellen im UKW-Bereich wurden erkannt und die dafür erforderliche Technik entwickelt.

In einzelnen Schwerpunktgebieten und entlang wichtiger Verkehrswege wurden ab 1950 einzelne, handvermittelte Funktelefonnetze eingerichtet. Sie dienten öffentlichen Funktelefonverbindungen für die besonderen Zwecke des Hafenfunks, des Stadtfunks, sowie des Straßen- oder Zugfunks. Die einzelnen Netze wurden 1958 im sogenannten Funktelefonnetz A auf nationaler Ebene zusammengefaßt.

Soweit die offizielle Geschichtsversion. Wie so oft in der historischen Forschung wurde hier nicht durch Verfälschen geschichtlicher Daten, sondern durch das bloße Weglassen relevanter Informationen ein falsches Bild gegeben.

Die wahre Geschichte des Funktelefons

Der Urknall

Die Entstehung unserer Erde beruht eigentlich auf einem großen technischen Fehler im interstellaren Telefonnetz. Aufgrund einer Fehlverbindung kam es vor 50 Milliarden Jahren zu einer Supernova und dem Urknall, der gar nicht so laut gewesen sein soll. Das Ergebnis konnte sich jedoch sehen lassen: Die Erde war entstanden.

Atlantis

Sagenumwobenes Land, daß vor Urzeiten im Meer versunken ist. Seinen Bewohnern wird Intelligenz und ein Wissensstand nachgesagt, der dem heutigen weit überlegen war. Ihren Entwicklungsstand werden wir wahrscheinlich erst in einigen hundert Jahren erreichen.

Klar, daß sich die Atlantis-Bewohner nicht mit einem normalen Telefonnetz zufriedengaben. Auf ihrer Insel hatte deshalb nahezu jeder Bewohner ein eigenes Funktelefon. Auch in den Netzen waren die Atlantisbewohner weiter als wir: Je nach Finanzmitteln griffen sie nach dem preiswerten, aber nicht so leistungsfähigen H-Netz oder leisteten sich das I-Netz.

Bedauerlicherweise kam es in Atlantis zum ersten großen Irrtum der Menschheit. Zwar hatte jeder Atlantis-Bewohner ein Funkgerät, doch mit der Herstellung wiederaufladbarer Akkus haperte es. So konnte das Seewetteramt nicht mehr rechtzeitig vor einer großen Flutwelle warnen. Atlantis versank und mit ihm all das enorme Wissen über Funktelefone, wie wir sie noch nicht einmal zu träumen wagen. So ein Pech!

Steinzeit

Og Ogalla und Umumba Burunda erfinden das steinerne Autotelefon. Nur die Mobilität ließ zu wünschen übrig. Da aber die gängigen Sauriermodelle – Brontosaurus und der Marktführer Tiranosaurus Rex – auch schwerere Lasten ziehen konnten, glich sich das aus. Für die Übertragung wurden Flug-Saurier (flugo saurius) eingesetzt, die mühelos den Weg bis in den nächsten Mammut-Burger-Shop schafften und oft auch die Ware gleich mitnahmen. So gesehen war das steinzeitliche System unserem sogar noch überlegen.

Bronzezeit

Einer der größten Irrtümer ist es zu glauben, die Bronzezeit heißt Bronzezeit, weil es so viel Bronze gab. Im Gegenteil! Alle Menschen wollten Bronze haben, um daraus Autotelefone und Antennen zu basteln – doch leider war so gut wie keine Bronze aufzutreiben.

Babel

Einem zweibändigen Roman zufolge soll der Turmbau zu Babel im aus Gleich- und Wechselstrom bestehenden Zweistromland eine Annäherung an Gott gewesen sein. Aber schon die alten Babylonier wußten, daß es keinen Gott gibt. So war der riesig hohe Turm der Versuch, ein weltweit funktionierendes Funknetz aufzubauen. Zu spät stellte man aber fest, daß die nunmehr reichlich vorhandene Bronze keinerlei leitende Eigenschaften hat. So wurde der Turm als gigantische Wasserrutsche für ein Aquadrom genutzt.

Ägypten

Die Ägypter waren anderen Kulturen schon immer etwas voraus. Nachrichtenübermittlung lief per Echo. Als Klangverstärker dienten große Gebäude mit quadratischer Grundfläche, die oben spitz zusammenliefen. Je nach Höhe wurde die Sendeleistung bestimmt.

Eigentlich hätten diese Gebäude die Form eines aufrechtstehenden Quaders haben sollen. So sahen es jedenfalls die Bauzeichnungen von Architekt Ramires vor. Doch dessen kleiner Sohn bespuckte die technischen Papyruspläne mit einer Ladung Spinat. Da beim Bau auch kein Mensch mehr darauf achtete, entstanden die uns heute so bekannten Pyramiden. Zahlreiche Mißverständnisse dieser Art führten bei den Ägyptern schließlich dazu, daß die Kultur unterging.

Dem Pharao Ramses, der als etwas leichtgläubig galt, konnte Ramires das glücklicherweise verständlich machen. Beinahe wäre aber alles an den immens hohen Baukosten gescheitert. Schließlich brauchten zum Bau eines einzigen Echogerätes Tausende von Arbeitern mehrere Jahre. Ganz zu schweigen von den immensen Materialkosten. Funktelefonieren war damit so teuer wie niemals später in der Geschichte. Mit diesem Argument belatschert uns die Post bis zum heutigen Tag.

Griechenland

Lebensgefährlich war ein in Griechenland in der Stadt Marathon entwickeltes Übertragungssystem, bei dem Botschaften per Menschen überbracht wurden. Kleines Reichweitenproblem: Maximale Sendeleistung: 42,125 Kilometer. Von den Betreibern bekam es als eines der ersten amtlichen Netze den Namen A-Netz.

Jesus Christus

Kaum ein Leben eines Menschen ist so eng mit der Übertragung von Funknachrichten verbunden wie das von Jesus Christus. Schon anläßlich seiner Geburt machte sich der große Fernmeldetechniker G. Ott das Mittel der Sternübertragung zunutze. Auch drei Weise aus dem Morgenland empfingen diese Nachricht und folgten dem Stern. Da es sich um ein R-Gespräch handelte, mußten die drei Könige ihre Schulden mit Gold, Weihrauch und Myrrhe bezahlen.

Auch in seinem späteren Leben zeichnete Christus eine enge Verbindung zum Telefon aus. Die wunderbare Weinvermehrung in Canaa war nichts anderes als ein schneller Anruf beim Weinlieferanten E. Gabriel. In seiner letzten Stunde am Kreuz erfand J. C. im Gespräch mit Ott sogar noch die Freisprecheinrichtung. Schließlich waren ihm die Hände gebunden, äh genagelt.

Rom

Die Römer galten schon immer als technisch fortschrittliches Volk. Die Funkübertragung hatte allerdings Defizite. Während sie in ihren Thermen Fußbodenheizungen einbauten, Einrichtungen für fließendes Wasser schufen und als Erfinder der Autostrada in die Geschichte eingingen, haperte es bei der Kommunikation doch ein wenig. Wie sonst ist Neros Feuerchen zu erklären?

Eigentlich wollte er seiner Geliebten Popeia ein Ständchen bringen. Aufgrund eines Leitungsfehlers gab es jedoch einen Kurzschluß, der dann zur Vernichtung Roms führte. Die Fernmeldetechniker der damaligen Zeit schoben diesen Fehler natürlich Nero in die Schuhe und behaupteten, er habe Rom absichtlich angezündet. Dem friedfertigen Nero war so eine Tat natürlich beim besten Willen nicht zuzutrauen gewesen.

MITTELALTER

Das Mittelalter war finster. Und finster ging es auch in den Zellen zu. Klopfzeichen und rasselnde Ketten erfüllten aber auch ihren

Dienst bei der Nachrichtenübermittlung. Was gesendet wurde, war beinahe so überflüssig wie heute: »Wärter sieben hat heute mal wieder einen verdammt schlechten Tag«, »In der Grütze ist mal wieder mehr Wasser als Grütze« oder »Zelle vier hat sich beim Aufseher eingeschleimt«.

ZU ZEITEN LUDWIGS XIV.

Unter der Herrschaft des französischen Sonnenkönigs (ambre solaire) Ludwig XIV. wurde das schnurlose Telefon für die Wohnung eingeführt. Um im Schloß Sanssouci vom Westflügel bis zum Ostflügel kommunizieren zu können, setzte Ludwig besonders schnelle Diener ein. Aufgrund akuter Gedächtnisschwächen bei einigen Boten wäre es fast zu peinlichen Situationen und einem Zusammenbruch der Leitung gekommen.

Afrika

So zurückgeblieben wie die Kolonialherren immer dachten, war das afrikanische Volk gar nicht. In der Telekommunikation waren sie sogar um einiges weiter als ganz Europa. Der ATS (Afrikanische Trommel Service), der im Zuge der Buren-Kriege vernichtet wurde, sendete nahezu flächendeckend. Nur in Ostafrika gab es aufgrund einiger Probleme mit dem alten Regime auch Schwierigkeiten bei den Trommelverbindungen. Das Unverständnis der Europäer rührt aber auch daher, daß das afrikanische Kommunikationssystem mit den Brieftaubensystemen aus Europa nicht kompatibel war.

DEUTSCHLAND

Die ersten Versuche mit einem Funknetz unternahm Hubert Humperdink am 23.7.1821. Mit 2725 Tauben stellte er eine Stand-By-Leitung zwischen sich und seiner Freundin Elvira her, die im Nachbardorf lebte. Das ganze System scheiterte dann daran, daß zwei wildgewordene Jäger 20 Tauben abschossen und zu Ragout verarbeiteten. Gleichzeitig auch das erste Funkloch der Geschichte.

USA, 1899

Die ersten Funktelefone in den USA galten als extrem langsam. Die Nachricht wurde direkt über dem Erdboden mit zwei parallel zueinander verlaufenden Eisenstangen übermittelt. Alle zwei Meter wurden diese durch Holzbretter am Untergrund befestigt. Eine große dampfende Maschine übernahm dann die Funkverbindung. Das war nicht nur umständlich, sondern auch langsam und teuer.

Autotelefonisten privat

Autotelefonisten und Autotelefon-lose

Eigentlich ist er ganz froh, daß die anderen kein Autotelefon haben. Wie sollte er sich sonst von ihnen abheben? Und die Vermassung von Statussymbolen greift rapide um sich. Ansonsten sind die besagten anderen natürlich zu bedauern. Die armen Schweine sind nicht so wichtig, daß sie auch ein Autotelefon brauchen. Irgendwie beruhigend.

Autotelefonisten unter sich

Die Autotelefonisten beäugen sich mit Mißtrauen. Sie alle wissen, wie wichtig ihr Gerät ist und wie sehr sie es brauchen. Doch wie bei allen eitlen Menschen bleibt ein gewisser Zweifel. Vielleicht, so ihre Furcht, haben sie sich die Gründe, warum sie das Autotelefon unbedingt brauchen, doch nur eingeredet? Bekanntlich bekämpft man sein schlechtes Gewissen am besten damit, indem man einfach die anderen Autotelefonisten der Angeberei verdächtigt. Von sich selbst und einigen Ausnahmen natürlich abgesehen. Wie gesagt, etwa 5% brauchen ihr Autotelefon wirklich. Und zu diesen 5% gehören natürlich auch so findige Köpfe wie Sie, liebe Leser.

Autotelefonist und Sex

Autotelefonisten sind die perfekteren Liebhaber. Nicht nur im Auto können sie alles gleichzeitig (Lenken, Lichthupen, Labern), nein, auch im Bett besorgen sie es der Geliebten rundum. Sie beherrschen mehr Stellungen als in jedem Lehrbuch zu finden sind: alle 23 abendländischen Versionen und dazu noch etwa 200 chinesische und Tantravarianten. Nur in einem Punkt versagen sie komplett: Sie haben kein Einfühlungsvermögen. Den Autotelefonisten interessiert es nämlich nicht die Bohne, was die Andere denkt, tut oder läßt. Bei niemanden. Wäre er sonst so weit gekommen? Aber genau auf dieses dämliche Verständnisgeheuchel legt die Partnerin äußerst viel Wert. Während er also nach allen Regeln der Kunst ihren G-Punkt massiert, träumt sie von einem butterweichen Softie, der hingebungsvoll ihre Probleme analysiert. Es ist schon tragisch, der Autotelefonist kann bei den meisten Weibchen nicht landen, weil er bloß Sex pur zu bieten hat. Welcher Frau reicht das schon? Insgeheim hat er sich deshalb mit seiner Rolle als einsamer Jäger abgefunden. Doch um seine Perfektion unter Beweis zu stellen, braucht er nun mal die Bewunderung des passenden Weibchens. Genau dieses fehlt ihm. Nicht immer, aber immer öfter.

WIE WÄR'S MIT TELEFONSEX?

ANHALTER

Anhalter nimmt der Autotelefonist immer gern mit. Während die frischgewonnene Beifahrerin sich angesichts des sportlichen Fahrstils ängstlich in den Sessel preßt, nimmt der Autotelefonist voller Besitzerstolz sein Spielzeug in Betrieb. Ein schleimiger Blick nach rechts, ein Schulterzucken, gepaart mit einem Grinsen wie ein Magenbitter: »Ich muß mal eben im Büro nach dem nächsten Termin fragen.« Darauf folgt die Arie, daß er so ein Autotelefon eigentlich völlig lächerlich findet. Wirklich! Aber er braucht es halt. Wenn man 300 unselbständige Mitarbeiter dirigieren muß, dann geht es nicht ohne.

AUFREISSEN
Die gewieften Aufreißer unter den Autotelefonisten plazieren sich telefonierend auf der Kühlerhaube ihres Luxusgefährts und zwar direkt vor dem In-Café mit den hübschen Mädchen. Während sie mit ihren zahllosen Verehrerinnen oder der Sekretärin von Papi schäkern, unterhalten sie mit ein paar lustigen Sprüchen die kaffeerührenden Mädels von gegenüber. Irgendwann wird das Gerät in die Jackentasche gepackt und die Eroberung kann beginnen. Zum Beispiel mit einer Einladung zu einer irre witzigen Spritztour im Cabrio. Schön, nicht?

In Wirklichkeit lachen besagte hübsche Mädchen jedoch viel lieber *über* den Autotelefonisten als über seine witzigen Sprüche.

Autotelefonistin und Sex

Ihr Erfolgsmotto war schon immer: Selbst ist die Frau! Seitdem sie im Besitz dieses formschönen Autotelefons ist, hat sie sich endgültig entschlossen, auf nervige Typen zu verzichten. Der Hörer ist aus echtem Walnußholz, gefühlssympathisch. Doch entscheidend ist das umfangreiche Zubehörprogramm. Mit wenigen Handgriffen läßt sich das Autotelefon in einen leistungsstarken Vibrator umbauen.

So ungebunden und frei wie ihr Telefon ist natürlich auch der Sex der Autotelefonistin. Tabus sind für sie ein Fremdwort. Am liebsten mag sie Verkehr im Verkehr. Da verliert man einfach keine Zeit. Und wenn Sex und telefonieren auch noch zusammenfallen, ist das Glück vollkommen.

Nur zu ärgerlich, daß es beim Telefonsex so wenige männliche Partner gibt. Doch da Planung schon immer ihr Metier war, hat sie sich ein dichtes Netz an Telefonsexpartnern durch ganz Deutschland verlegt. Im Jahre 1994 – hofft sie – funktioniert ihr Telefonsexnetz flächendeckend. Schon jetzt nerven die plötzlichen Funklöcher im schönsten Orgasmus tierisch.

Der Autotelefonist auf freier Wildbahn

Telefonierstile

An dieser Stelle wird es Zeit, mit Stereotypen aufzuräumen. Denn Autotelefonisten werden einfach über einen Kamm geschert. Das Ergebnis: Nichts als schamlose Vorurteile und undifferenzierte Diffamierungen. Die neueste Autotelefonforschung hat sich deshalb der Telefonierstile angenommen. – Zeig mir, wie Du telefonierst und ich sag Dir, wer Du bist.

PRAGMATIKER
Wie wohl inzwischen bekannt, 5 % brauchen ihr Telefon oder können nichts dafür, daß sie eins haben. 5 % dieser Klientel benutzt das Autotelefon, wie jeder normale Mensch sein Heimtelefon, eben um notwendige Gespräche zu führen. Man hat das Gefühl, die merken gar nicht, wie exponiert sie sind.

CHOLERIKER
»Ja, servus Chef, hier ist Müller, ich ...« – »Müller, Sie Niete, was haben Sie sich dabei eigentlich gedacht, eigenmächtig Entscheidungen zu treffen ?! Ich mache Sie zur Schnecke, Mann. Für mich sind Sie schon längst entlassen, wenn ich in diesem Laden was zu sagen hätte ...« Alles ist Chefsache, immer und jede Zeit. Aber das Schlimmste ist, man ist umgeben von Idioten. Ständig widersprechen einem die Leute, werden aufmüpfig, wo sie nichts zu sagen haben ... Choleriker haben immer einen Lederlappen auf der Konsole liegen, damit sie ihren Speichelregen von der Windschutzscheibe wischen können.

TELEFONIKER
telefoniert, telefoniert, telefoniert, telefoniert, telefoniert, telefoniert, telefoniert, telefoniert, telefoniert, telefoniert, telefoniert, tele-

foniert, telefoniert, telefoniert, telefoniert, telefoniert, telefoniert, telefoniert, telefoniert, telefoniert, telefoniert, telefoniert, telefoniert, telefoniert, telefoniert, telefoniert, telefoniert, telefoniert, telefoniert, ...

Der Verklemmte

Er hat das Autotelefon von Papi geschenkt bekommen, traut sich aber nie, es zu benutzen. So sitzt er in seinem sportlichen Abitursgeschenk und wartet darauf, daß das schöne Model aus dem Playboy-Late-Night-TV ihn anruft. Wenn denn mal eine Frauenstimme kommt (meistens die Sekretärin von Papi), setzt der Speichelfluß ein, werden die Finger feucht und vor Schreck fällt ihm der Hörer aus der Hand.

Leisetreter

Fährt nie schneller als 170 km/h, weil ihn sonst der Gespächspartner nicht mehr verstehen könnte. Er überholt nur, wenn die LKW's hinter ihm das auch tun und die Bahn garantiert frei ist. Sein Telefon hat er den Kunden zuliebe. Seinen Gesprächspartner läßt er grundsätzlich ausreden, um dann noch einen Moment zu warten, falls der noch etwas sagen möchte. Was soll man sagen, wenn Sie so einen an der Strippe haben, hängen Sie einfach wieder ein, der merkt es gar nicht und entschuldigt sich noch.

Maniac

Der Herr der Straße. Ein Gott am Lenkrad. Mit seinem Prachtwagen terminiert er die Schleicher. Hasta la vista Baby. Dabei telefoniert er nicht, er brüllt den Tagesbefehl in die Muschel und freut sich, daß die Untergebenen so schön kuschen. Wenn Sie so einem begegnen, sollten Sie entweder mehr PS haben oder schnell ihr letztes Gebet sprechen.

Die Souveräne

Von ihrem Lächeln hat sich schon mancher Börsenjobber eine psychologische Baisse zugezogen. Bei ihr ist jedes Gefühl eine Fehlinvestition, da zählt nur, wieviel kulturelles, soziales und sonstiges Kapital man einbringt. Am Telefon antwortet sie grundsätzlich nur mit Ja oder Nein. Statements verderben die Preise. Sie selbst lehnt es ab, jemanden anzurufen. Sie empfängt nur Anrufe oder läßt ausrichten. Ach übrigens, Joan, das Biest aus dem Denver Clan, ist ihre Patentante.

Flattermann

Sein Nervenkostüm ist so instabil wie der amerikanische Dollar und die britische Konjunktur. Weil der Schluck aus der Bordflasche nicht mehr hilft, ist er mittlerweile auf Koks umgestiegen. Der fließende Verkehr und die ganze Raserei überfordern ihn so sehr, daß er keinesfalls noch nebenbei autotelefonieren könnte. Immer wenn das Teufelsgerät piept, schluckt er schnell eine Herztablette, fährt auf den Seitenstreifen ... Ja, und dann ist das Gespräch auch schon wieder weg.

Angeber

Angeber müssen beim Telefonieren vor allem gesehen werden, aber das wissen Sie ja schon. Ebenfalls ist Ihnen bekannt, daß es sich dabei um mindestens 99,5 % aller Autotelefonisten handelt. Unsere Leser sind davon natürlich ausgenommen, weil sie entweder ein Autotelefon haben und dann meist zu den berühmten 0,5 % gehören, oder aber sie gehören zu den Typen, die sich kein Autotelefon leisten können. Na ja, dann lesen Sie halt aus Häme und voller Sozialneid weiter.

Die Schusselige

Bevor sie losfahren kann, muß sie erstmal 'ne halbe Stunde in ihrer Handtasche kramen. Ständig ist sie auf der Suche nach der Codekarte für das Autotelefon. Dann weiß sie nicht, wie rum man das Ding reinsteckt. Und bedienen? Oh Gott. Meistens telefoniert sie einmal rund um den Globus, bis sie per Zufall den gewünschten Fernsprechteilnehmer erwischt. Wenn sie dann endlich die Telefonexperimente beendet hat, könnte sie eigentlich losfahren. Aber, so'n Pech auch, nun ist der Schlüssel weg. Vorm Nervenzusammenbruch rettet nur noch ein Talk mit dem Psychiater, wenn sie denn nicht schon die Codekarte aus dem Phone gezogen hätte.

Idiot

Man fragt sich, wie es kommt, daß so jemand überhaupt noch seinen Führerschein hat. Mitte fünfzig, Alkoholiker, vor Bluthochdruck und Zucker halb blind. Selbst im Normalzustand bekommt der kaum die Autotür auf. Nun stellen Sie sich mal vor, wie so einer Autotelefonieren soll?! – »Haaaaloooo, weeeer isss'nnn daaaa? Hehe ...« Verstehste?

Aufreisser

Denkste! Wir werden Ihnen doch nicht die besten Tricks verraten, wie man mit dem Autotelefon die ganz scharfen Miezen rumkriegt. Nachher machen Sie uns noch Konkurrenz. Nee, da müssen Sie schon früher aufstehen.

Telefonieren und telefonieren lassen

Nichts schwieriger als das! Rein technisch läuft es am besten auf freiem Feld. Kein Kriterium jedoch für einen Autotelefonisten – schließlich kauft man sich auch nicht ein Abendkleid, weil es so bequem ist. Nein, das Autotelefon muß überall eingesetzt werden, auch an den unmöglichsten Orten.

CAFÉ 1
Rein statusmäßig der beste Ort zum Autotelefonieren. Grundsätzlich ist das Gerät möglichst unauffällig unter der Kaffeetafel zu deponieren. Man will ja nicht angeben. Und wenn das lästige Ding blöderweise klingelt, na ja, dann so lange unter dem Tisch rumkriechen, bis es auch alle gehört haben.

CAFÉ 2
Die geschickteren Caféhaustelefonierer parken ihr Cabrio mit Autotelefon direkt vor dem Straßencafé. Und das nicht, damit sie

ihr teures Telefon immer im Auge haben. Nein: Sobald es klingelt, schicken sie den Kellner zu dem kleinen auberginefarbenen Porsche und bitten ihn mal eben abzunehmen. Rein stellvertretend. – »Hey Ober, für Fürstin von Thurn und Taxis bin ich nicht zu sprechen!«

CAFÉ 3
Da das Autotelefon-Light noch immer nicht gebaut wird, läßt die Dame von Welt sich die schwere Kiste vom Kellner zum Tisch schleppen. So hat man beide Hände frei und keine Verspannung vom Tragen.

CAFÉ 4
Am schlimmsten sind die Caféhaustelefonierer, die erst eine halbe Stunde mit dem Phone nach dem geeigneten Präsentierteller suchen, sich dann stundenlang an einem Milchkaffee festhalten und verzweifelt auf einen Anruf warten, der nie kommt.

CAFÉ 5
Besonders interessant ist die Sorte von Stammgästen, die überdimensionale Ray-Ban-Brillen trägt, sehr lebhaft über Kampfhunde diskutiert, pausenlos Domino spielt und gelegentlich leicht verstört »darüber kann ich jetzt nicht reden« in ihr Autotelefon murmelt.

CAMP
Kein Abenteuer ohne doppelten Boden. Für das Überlebenstraining empfiehlt es sich, immer ein Autotelefon für eventuelle Notrufe dabeizuhaben. Einziges Problem: die Telefonbereitschaft reicht höchstens zwölf Stunden.

AUTO
Stört das nicht beim Fahren?

KLO
Das stille Örtchen ist durchaus geeignet zum Autotelefonieren. Bekanntlich hat man hier die besten Ideen. Und sollte das Klopapier alle sein – ein Anruf bei der Geschäftsleitung genügt.

SUPERMARKT

Klar, das geht jedem so. Schon wieder die Einkaufsliste vergessen. Na ja, einfach neu zufaxen lassen und weitershoppen.

ZU PFERD

Der englische Landadel ist schon längst dazu übergegangen, von Pferd zu Pferd zu telefonieren. Während des sonst so einsamen Ausrittes durch die häuslichen Parkanlagen kann man nun über das gestrige Golfspiel schwätzen.

IM CHÂTEAU

Erst durch den Südflügel (der gehört meiner Frau), dann über den West- zum Nordflügel (hier hause ich) – das sind immerhin 500 Meter Luftlinie und dazwischen liegen viele dicke Mauern. Außerdem will man ja mal in den Garten, etwas lustwandeln. Nein, dafür ist so ein Autotelefon wirklich praktisch.

TENNISCLUB

Das ist der Hit. Einfach mal so ein Autotelefon vom reichen Schwager leihen. Rein in den 190er, ab zum Tennisclub und so tun, als ob man zur Kaviarfraktion gehört. Das macht Eindruck bei den Sportsfreunden. Den ganzen Abend haben sie bewundernd gefrotzelt.

Börse

Hier ist das Markenzeichen für den Yuppie genauso obligatorisch, wie Schlips und Pulswärmer für den Beamten im Finanzamt. Natürlich ist die Börse der Ort, an dem das Ding wirklich gebraucht wird. Optionen auf Schweinebäuche und Orangensaftkonzentrat kann man nur mit dem Handy bestellen. Und bei den Summen, die hier umgesetzt werden, spielen die 1,70 Mark Gebühren pro Minute absolut keine Rolle mehr.

Unter Wasser

Ein äußerst ungünstiger Ort zum Autotelefonieren. Wen es dorthin verschlägt, der sollte sich schleunigst ein neues Autotelefon zulegen.

Bau

Das Telefonbestellwesen hat ja einen unglaublichen Aufschwung genommen. Und da es auf dem Bau ständig an allem fehlt – an Ziegeln, Zement oder Leih- und Schwarzarbeitern – ist das Autotelefon für den leitenden Ingenieur unabdingbar. Eine Unfallstatistik des Bundes Deutscher Ingenieure zeigt allerdings, wie gefährlich autotelefonieren auf Baustellen ist: im letzten Jahr wurden 73 telefonierende Ingenieure von herabstürzenden Bauteilen schwer verletzt oder gar getötet. Ob die Maurer was gegen Autotelefone haben?

Im Schwimmbad

Oder an der Ostsee? Auf den friesischen Inseln? Ganz sicher auf Sylt und am Starnberger See. Sich die Sonne auf den Bauch scheinen lassen und eitel am Strand telefonieren ist das Größte. Was meinen Sie, wo und wie dieses Buch entstanden ist?!

Zuhause

Alle Leute, die es nicht nötig haben, mit ihrem Autotelefon anzugeben, telefonieren ausschließlich Zuhause damit.

Badewanne

Ahoi! Badezimmer fluten und einmal Kapitän auf großer Fahrt sein. Neben Quietschentchen, Rettungsring und einer Buddel Rum darf natürlich die mobile Funke nicht fehlen.

Fussballstadion

Seitdem die Fußballstadien zunehmend mit Nobellogen dichtgebaut werden, gehört es zum guten Ton, sich die 90 Minuten bis zur Eröffnung des Buffets mit dem Autotelefon zu vertreiben. Bundestrainer Berti Vogts läßt sich sogar Standleitungen zu den wichtigsten Spielen legen, damit er immer weiß, was die Nationalkicker treiben.

In Krisengebieten

Sollte man immer ein Autotelefon dabei haben. Damit man rechtzeitig das letzte Taxi zum Flughafen bestellen kann oder damit man zu Hause anrufen kann, wenn man das letzte Flugzeug verpaßt hat.

Im Stau

Bleibt viel Zeit, die man sich irgendwie vertreiben muß. Also den Blick schweifen lassen und den anderen Staupartnern beim Nasepopeln zuschauen. Ach, was kann man sich dabei in die schönen Golf-Cabriofahrerinnen verlieben! Was tun? Einfach aussteigen? Fehlanzeige. Nein, der perfekte Autotelefonist findet sein Weibchen per Tastendruck. In der Konsole liegt immer ein liebevoll gemaltes Schildchen bereit: »Ruf mich doch mal an Tel.: 06192/ ...« Ein Blick auf die Stummelantenne verrät, daß die energische Blondine im Chanelkostüm Mitglied im Club der Autotelefonisten ist. Schildchen schwenken, und tatsächlich sie schaut rüber (seit der Schulzeit waren die Finger nicht mehr so feucht). Wird sie denn auch??! – Ja! Sie greift zum Hörer und Sekunden später piept das Gerät. Einen Moment gewartet (nur keine übertriebene Eile), ein siegesgewisses Lächeln rüberschicken, und was glauben Sie, wer am anderen Ende ist? – »Huhu! Hans Jürgen, Deine Mutti ...!«

PARLAMENT

Hinterbänkler haben keins. Kanalarbeiter nur sehr selten. Wasserträger gelegentlich. In den höheren Fraktionsetagen findet es sich häufiger. Fraktionsvorsitzende haben einen, der es ihnen trägt. Die Grünen können es sich nicht leisten, darauf zu verzichten. Die DVU braucht es für ihre außerparlamentarische Arbeit. Wichtige Journalisten haben es sowieso. Und Bundeskanzler und Postminister können es nicht bedienen.

THEATER

Früher war es die gute alte Chipstüte, die raschelte. Dann piepten die Quarzuhren dazwischen. Heute ist es das Autotelefon. Mitten im Monolog oder in der Arie, schrillt plötzlich ganz normalen Leuten wie Dir und mir ein »peepeepeeep« aus dem Jackett hervor. Als wenn ihr Herzschrittmacher Alarm gegeben hätte, zerren sie das Ding aus der Tasche. Begleitet von Schweißausbrüchen und einem In-die-Jacke-Rutschen versuchen sie das aufgelaufene Gespräch abzuwürgen. »Ja, ... bist Du verrückt, ich bin gerade im Theater.«

Wald

»Ohhh, meine liebste Frau Schneider!« – »Chef, nicht so stürmisch.« – »Erika, nennen Sie mich Klaus.« – »Ja, Klaus.« Klar, auch Manager sind manchmal romantisch. Erotische Höhenflüge unter deutschen Tannen sind bei Führungskräften beliebt. Doch es sind auch die Momente, in denen sie ihr geliebtes Autotelefon ausnahmsweise verfluchen. Da sie stets auf Empfang sein müssen, funkt eigentlich dauernd jemand zwischen die schönsten Stunden des Dienstes.

Telefonsex, freihändig

Einer Zeitungsmeldung konnten wir entnehmen: »Auf der A 7 Höhe Hodenhagen verunglückte gestern der Fahrer einer Luxuslimousine schwer. Bei überhöhter Geschwindigkeit hatte der Fahrer die Kontrolle verloren und war von der Fahrbahn abgekommen. Der Fahrer wurde mit heruntergelassener Hose und dem Telefonhörer in der Hand geborgen.« Telefonsex bei 200 Sachen ist der neuste Superkitzel.

Das Autotelefon im Kino

Wir kennen das. Man freut sich auf einen schönen Abend mit dem Freund/der Freundin, beschließt ins Kino an der Ecke zu gehen und einen netten Film zu sehen. Doch schon beim Platznehmen wird einem mulmig. Der Nadelstreifentyp in der vorderen Reihe kommt einem merkwürdig vor. Und tatsächlich: Bereits nach einer halben Stunde klingelt es unter dem zerbeulten Jackett – ein Autotelefon. Nach endlosen Klingelzeichen zieht der Störenfried endlich die Antenne des Funktelefons aus und nuschelt ganz angestrengt in die Muschel.

Seit solche Vorkommnisse kein Einzelfall mehr sind, hat auch Hollywood das Autotelefon für den Film entdeckt. Bekanntermaßen sehen die Menschen gern Dinge, die sie aus dem täglichen Leben kennen. Da darf natürlich auch das Funktelefon nicht fehlen. Viele namhafte Regisseure arbeiten bereits mit den besten Schauspielern an Neuauflagen alter Hollywood-Klassiker – aufgepeppt um die Variante Telefon.

Klassiker

Der amerikanische Film schlechthin ist Vom Telephone verweht. Actionfilmer Martin Scorse macht sich derzeit an diesen Klassiker heran. Mit Robert DeNiro in der Hauptrolle arbeitet er an einer ganz neuen Version des Südstaatendramas.

Endlich erfährt der Zuschauer, warum Red Butler seine Geliebte Scarlet O'Hara so schmählich verlassen muß. Sein kleiner Bruder John Butler schwebt in Lebensgefahr, weil er von einem Irren auf einen Fluß entführt wurde. Dank Autotelefon kann Brüderchen Red zu Hilfe eilen und John in einem packenden Finish retten.

Einer der unvergessenen Humphrey-Bogart-Filme ist sicherlich African Telephone. Einmalig die Szene, in der unser knallharter Macho in die Sümpfe des Kongos muß, um eine Schiffsschraube von Schlick zu befreien. Über und über mit Blutegeln besudelt, klettert unser Held wieder an Bord, ruft per Telefon seinen Arzt in Mombasaland an und fragt nach einem Hausrezept gegen die Viecher.

Detektivfilm

Klassisches Requisit eines jeden Jerry-Cotton-Films ist das Autotelefon. Allerdings in seiner wirklich klassischen Form. Ein 60er-Jahre-Hörer, der fest installiert neben dem Handschuhfach angebracht ist. Auch die Wählscheibe ist ganz im Stil der alten Telefone gehalten. Fast so schön wie die technische Ausstattung in der deutschen Science-Fiction-Serie ›Raumschiff Orion‹. Bügeleisen und Kaffeemaschinen wurden in die futuristischen Cockpitamaturen der Orion integriert, was zumindest damals nur einer verschwindenden Minderheit von 95 Prozent der Fernsehzuschauer auffiel.

Actionfilm

Freunde von Actionfilmen lieben es, wenn viel kaputt geht. Und sei es nur ein harmloses Autotelefon, daß von Arnold Schwarzenegger in dem Kassenschlager Der Telephonator grausam zertreten wird. Nur etwas für eingefleischte Telefonfreaks sind dagegen die Streifen Telephone harder und Lethal Telephone. Beide Filme erlebten mit ihren Hauptdarstellern Bruce Willis und Mel Gibson sogar Fortsetzungen. Unerheblich, daß beide Schauspieler das Wort Autotelefon weder schreiben noch das Gerät bedienen können.

Komödie

Im Hausfrauendrama Telephone – verzweifelt gesucht geraten sich Susan Sarandon und Sex-Nudel Madonna auf der Suche nach einem tigerfellbestickten Telefonhörer in die Wolle. Komische Verwechslungsgeschichte, an deren Ende wegen der vielen vertelefonierten Einheiten nur die Telekom lachen kann.

Science-Fiction-Film

Seit Jahrzehnten feiert eine mit einfachsten Mitteln zusammengestrickte TV-Serie Einschaltrekorde: Raumschiff Telephone. In ihrem Raumschiff, das wie ein riesengroßes Telefon aussieht, fliegt die Besatzung unermüdlich durch das Weltall. An Bord der rätselhaft rationale Mr. Speek, der stundenlange Gespräche über Ohrenkosmetik mit seinem Schönheitsberater auf Vulkanien führen kann. Mit an Bord Pelle, Pingo und der Chef der Bande: Commander Muschel.

Der Autotelefonfilm schlechthin ist E.T. Dem Außerirdischen wurde ein Funktelefon in den großen Finger implantiert. Mit dem sehnlichst in die Kamera geschmachteten Ausspruch »Nach Hause telefonieren« weckte E.T. bei Millionen Teenies das Bedürfnis nach drahtloser Verbindung. Wenn nicht mit dem Mars oder anderen weit entfernten Planeten, dann zumindest zum nächsten Pizza-Express zwei Straßen weiter. Dieses indirekte Product-Placing soll sich die Autotelefonherstellerriege auch einiges kosten haben lassen.

Teenie-Film

Filme über die erste Liebe, das erste Mal und den ersten Joint sind bei jungen Menschen immer gefragt. Eindeutiger Marktführer ist Telephone am Stiel – Teil 1 bis 27. Drei junge Männer lieben nichts so sehr wie ihr Autotelefon. Bis »Sie« kommt – das neue Modell von Philips. Mit Freisprecheinrichtung, ergometrisch geformten Körper und attraktiven Rundungen. Da können die drei nicht nein sagen.

Sex-Film

Telefonsex hat die amerikanische Filmindustrie schon immer beschäftigt. Durch 9½ Telephone wurden sowohl Mickey Rourke als auch Kim Basinger zu Weltstars. Unvergessen bleiben die Stöhnszenen an feuchten Muscheln. Der Cunnilingus mit dem Display oder die Onanie mit der Telefonschnur. Ein Film, der für Schauspieler und Publikum bis an die Grenzen des Erträglichen geht.

Auch über Sex, ähnlich erfolgreich, aber weitaus prüder ist PRETTY TELEPHONE. Eine junge Frau (Julia Roberts) trifft den gewieften Autotelefonhändler (Richard Gere). Ihr zuliebe verkauft Gere nur noch Telefone an Kunden, die sich die teuren Geräte und hohen Gebühren auch ohne lebenslangen Schuldenplan leisten können.

KINDERFILM

Auch die lieben Kleinen werden durch den Kinofilm systematisch an moderne Technik herangeführt. Kinderaugen glänzten bei dem Walt Disney-Zeichentrickfilm ARIELLE DIE TELEPHONE-JUNGFRAU. Das junge Mädchen Arielle ist halb Mensch halb Telefon. Eigentlich ist sie ganz glücklich, bis sie aufgrund einer Falschverbindung mit der Stimme ihres Lebens telefoniert. Für ihn gibt sie sogar das Telefon auf und wird zu einem stinknormalen Kabel.

Aber auch Gebrüder-Grimm-Märchen erscheinen durch das Telefon in ganz neuem Licht. SCHNEEWITTCHEN UND DIE SIEBEN TELEFONE, ASCHENTELEFON oder FRAU TELEFON sind die neuen

Hits bei den Gutenachtgeschichten. Spieglein, Spieglein an der Wand, wer hat das größte Telefon im Land, fragt die böse Königin in SCHNEEWITTCHEN. Da Schneewittchen sieben Telefone hat, ist die Königin neidisch und versucht das junge Mädchen zu übertreffen.

In Aschentelefon trifft der junge Prinz ein nettes kleines Mädchen mit Funktelefon auf einer großen Fete. Eigentlich hat er sich vorgenommen, das junge Ding zu vernaschen. Doch kurz vor zwölf macht sie sich auf die Socken und verschwindet. Lediglich die Telefonkarte verliert sie auf der schnellen Flucht. Unser Prinz rennt nun so lange durchs Land, bis er das für die Karte passende Telefon gefunden hat.

SIE PASST!

AKTUELLER FILM

Robert Altmann war schon immer ein Altmeister des guten Hollywoodfilms. Was haben wir seinen Streifen THE PLAYER geliebt. Gleichzeitig die erste sinnvolle Nutzung eines Autotelefons im Film. Mit dem Autotelefon in der Hand umschleicht Griffin Mill (Tim Robbins) das Haus von Walter Stuckvel (Fred Ward) und telefoniert mit dessen Freundin June Gudmundsdottir (Greta Scacchi), die er durch die hell erleuchteten Scheiben beobachten kann. Ein ernster Fall von Autotelefonspannerei.

Auch der moderne Peter Pan (Robin Williams) ist in dem Steven-Spielberg-Schmachtfetzen HOOK ohne Autotelefon nicht vorstellbar. Das zigarettenschachtelgroße Gerät trägt der gestreßte Manager ständig mit sich herum. Selbst während der Schulaufführung seiner kleinen Tochter läßt er sich die aktuellen Börsennotierungen durchgeben. Klarer Fall von Telefonitis. Erst eine Entziehungskur im Niemandsland bei den wilden Jungs macht aus ihm wieder einen normalen Menschen.

Telefonieren im Ausland

Andere Länder, andere Sitten. So ist es beim Essen (Spaghetti, Reis, Giros, Schnitzel ...), und so ist es beim Sex (Französisch, Englisch, Griechisch, Serbokroatisch ...). So ist es natürlich auch beim Funktelefon. Andere Länder, andere Netze und andere Telefongewohnheiten.

Das bedeutet ebenso Kompatibilitätsprobleme. So ist es nicht ohne weiteres möglich, sein Funktelefon mit nach Kasachstan zu nehmen. Davon abgesehen, daß es dort sowieso keine Telefone gibt, wäre unser System auch mit der Kasachen-Norm nicht kompatibel.

SCHWEIZ
Im Alpenstaat dürfen Autotelefone nur von Männern bedient werden – Frauen haben kein Wahlrecht.

SO, DAS WAR'S DANN, ICH SCHLAG JETZT AUF!

Italien

Das extrovertierte Völkchen zwischen Afrika und den Alpen bringt seit Menschengedenken die findigsten Angeber hervor. Kein Mittel ist ihnen zu platt, keine Aufschneiderei zu peinlich, um allen zu zeigen, daß sie wirklich und todsicher der Bringer sind. Im Auto wird grundsätzlich mit der rechten Hand telefoniert, wobei der Hörer an das linke Ohr gehalten werden muß. Ach, und das südländische Temperament!! Fenster runter, Kopf raus, und schreien, was das Zeug hält. Manche Kreuzung in Milano gleicht deshalb einem Betriebsausflug der Börse. Noch schicker ist das Autotelefon auf der Vespa. Hier muß man wirklich Stimme beweisen, um gegen Fahrtwind und Verkehrslärm anzukommen. Äußerst beliebt bei der Jugend ist das Telefonieren auf der Piazza. Dabei werden gern die neuesten Modelle gezeigt. Im italienischen Parlament nahm die Telefoniersucht der eitlen Volksvertreter derart überhand, daß es per Erlaß verboten werden mußte.

Grossbritannien

Hier entschied man sich für ein zellulares Funktelefonsystems, das eine Verbesserung des amerikanischen AMPS-Standards darstellt. Da jedes Ding einen Namen braucht, heißt das britische System jetzt TACS (Total Access Communication Standard). 1985 wurde es von zwei zugelassenen privaten Betreibern eingeführt.

In England ist sowieso alles anders als in anderen Ländern. Die Männer tragen große runde Hüte, die Autos fahren auf der falschen Straßenseite und Bücher über Prinzessin Di sind Verkaufsschlager. Da ist es nur allzu verständlich, daß auch das Telefonieren hier etwas ›anders‹ ist. Im Mutterland der Finanzmakelei war das Handyphone von Anfang an ein Markenzeichen für Yuppies und solche, die es werden wollten. Weit über eine Million Autotelefone sind in England auf dem Markt. Der größte Teil davon wohl im Bankergetto London City. Mittlerweile provoziert die Telefonitis jedoch den Volkszorn. Bürgerinitiativen gegen den Telefonterror haben sich gebildet. Sie fordern, das Autotelefon aus allen öffentlichen Räumen zu verbannen. In immer mehr Londoner Cafés sind deshalb Schilder mit durchgestrichenen Telefonen zu sehen.

Schweden, Finnland, Norwegen

In Schweden wurde das Advanced Cellular System (ACS) von der Firma Comvik eingeführt. Ein intelligentes System, das die Vermittlungseinrichtung in das Endgerät verlegt. Außer in Schweden wird das System auch in Hongkong betrieben. Das NMT (Nordic Mobile Telefone System) wurde Anfang 1982 in den nordischen Ländern eingeführt.

Autotelefonieren ist dort ein zunächst steuerliches Problem. Der Luxusartikel Autotelefon wurde mit einem Extrasteuersatz belegt. Mit der normalen Mehrwertsteuer, der Personensteuer, der Fjordsteuer und der Landessteuer sind 107 Prozent der Kosten eines Autotelefons an Vater Staat abzuführen.

Ostblock

Getreu dem kommunistischen Motto »Entweder – oder« hatten im Kommunismus alle oder fast jeder ein Autotelefon. Eigentlich brauchten es die Menschen aber gar nicht. Denn das gleiche Problem wie beim Zahnarzt stellte sich auch beim Telefonieren: Keiner machte den Mund auf.

Frankreich

Das französische Funktelefonsystem nennt sich RadioCom 2000. Es wird seit 1985 verwendet. Dafür werden zwei verschiedene Frequenzbereiche genutzt. Die Bedeutung von Paris als wichtigste Stadt des Landes zeigt sich darin, daß eine der beiden Frequenzen ausschließlich für das Telefonieren in der Hauptstadt reserviert ist.

Wenn der Franzose telefoniert, dann tut er das aus Überzeugung. Allerdings nutzt er die technische Neuerung eher ungern. Viel lieber sitzt er mit einer Flasche Rotwein, einem Baguette und einer Madmoiselle an der Seine und genießt den Tag.

Autotelefonmodelle

Ein umfangreiches Angebot an Zusatzgeräten und Spielereien erfreut den Käufer oder Besitzer von Autotelefonen. Die Palette der Geräte ist fast unüberschaubar. Unser Ratgeber durch den Leistungsdschungel hilft allen geplagtenTelefonierwilligen bei der Auswahl.

MODELL » AUTO «

Für den Puristen unter den Autotelefonbesitzern. Anstatt ein Telefon für das Auto zu besitzen, gehört ihm ein Telefon in Form eines Autos. Der Hörer ist im Verdeck, gewählt wird mit den Rädern. Erhältlich in den Maßstäben 1:175 bis 1:1.

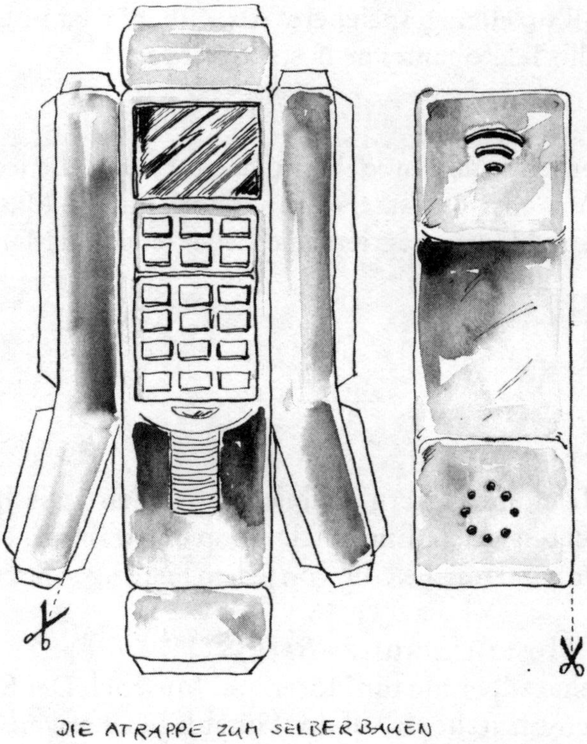

DIE ATRAPPE ZUM SELBERBAUEN

Modell »Spiessbürger«
08/15-Autotelefon, wahlweise in Kiefer oder graumeliert zu haben.

Modell »S/M«
Für den professionellen Quäler und Gequälten: Nägel in der Wahlapparatur, Stacheldraht an der Muschel, Elektroschocks durch Stromstöße und vieles andere. Als M-Version sendet es fiese Pieptöne aus. Wahlweise in Lack oder Leder zu haben.

Modell »Esoterik«
Kein Abheben des Telefonhörers mehr. Gewählt wird über die Aura. Gespräche zwischen Karma und Kosmos sparen natürlich immens Telefongebühren.

Modell »Manta«
Voll verspoilertes und tiefergelegtes Autotelefon. Im elektronischen Telefonbuch sind ausschließlich die Telefonbücher von Bochum und Castrop-Rauxel eingespeichert. Als Zubehör kann ein Fuchsschwanz für die Telefonantenne bestellt werden.

Modell »James Bond«
Anthrazitfarbenes Sondermodell mit vielen Extras, die jeder Autotelefonierer braucht: Selbstzerstörungseinrichtung, Maschinenpistolenaufsatz, im Hörer integriert sind Feuerzeug und Martini-Rührer.

Zubehör

Modul »Sittenstrolch«
Enthält alle Telefonnummern weiblicher Kunden zwischen Flensburg und Berchtesgarden. Ein Zufallscomputer wählt eine Nummer aus. Vergnügen rund um die Uhr, von jedem beliebigen Standort aus.

Hörer- und Muschelschutz »Safety«
Gehäkelter Schutzüberzug für Hörer und Muschel. Der Stoffpräser ist auch für den Ersatzhörer auf der Hutablage zu erwerben.

Anrufbeantworter mit Anruf

Hat es sie nicht auch immer geärgert, daß sie zwar einen Anrufbeantworter aber keinen Anruf haben? Damit ist jetzt Schluß! Dieses neue Anrufbeantworter-Modell enthält so viele Anrufe, daß sie bequem ein ganzes Jahr damit auskommen.

Wahlscheibe »Clever«

Das Spielzeug für den Autotelefonbesitzer, der schon alles hat. Verstellbarer Lenkeraufsatz, in den eine Wahlscheibe integriert wurde. Kein lästiger Griff zur Seite, der ungeahnte Gefahren beim Fahren nach sich ziehen kann, sondern nur ein Griff nach vorn, der ungeahnte Gefahren birgt.

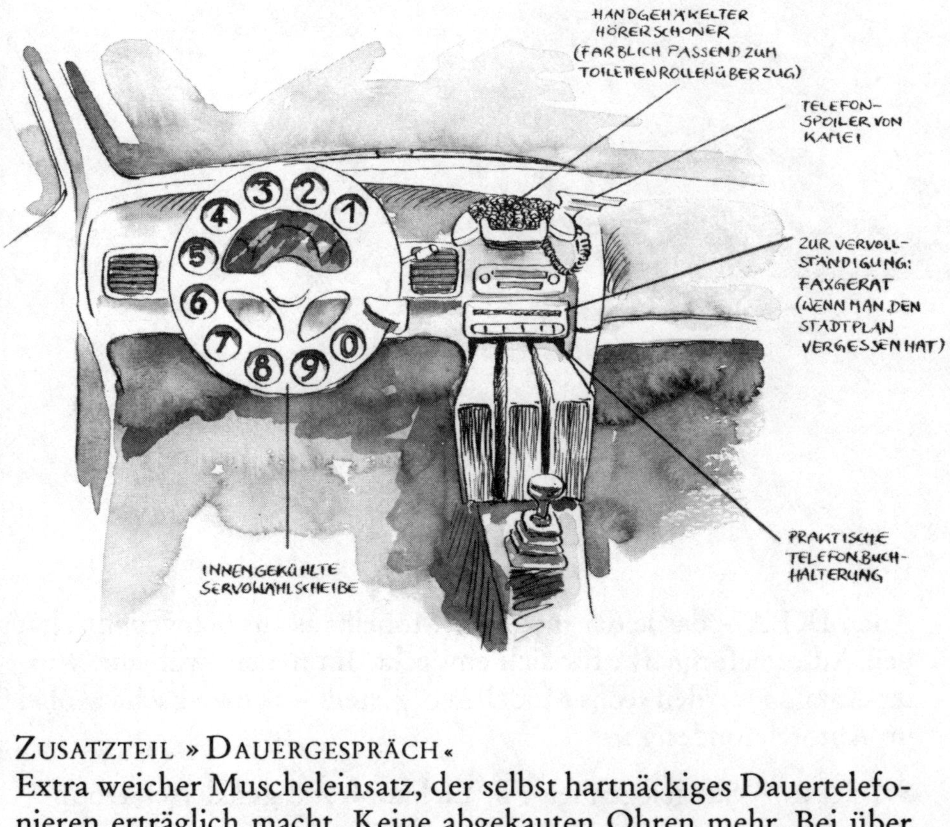

Zusatzteil »Dauergespräch«

Extra weicher Muscheleinsatz, der selbst hartnäckiges Dauertelefonieren erträglich macht. Keine abgekauten Ohren mehr. Bei über sieben Wochen ununterbrochenem Telefonieren getestet und von der Stiftung Hörertest mit »sehr gut« ausgezeichnet.

Diebstahlssicherung »Anti-Thief« und »Dieb-Ex«
Der neueste Verkaufsschlager unter den Zubehörteilen. Bisher sicherster Schutz für alle Autotelefonbesitzer. Ist das teure Gerät gestohlen worden, kann es der Besitzer ferngesteuert manipulieren. Wahlweise mit Rufumleitung zur nächsten Polizeistation oder als sich selbst und den Dieb zerstörende Nitroglyzerin-Version.

DIE BILLIGE ALTERNATIVE: MIT 150M SCHNUR

Design

Auch IKEA – das leider mögliche Möbelhaus aus Schweden – hat den Autotelefonmarkt für sich entdeckt. Im neuen Frühjahr/Winter-Katalog werden sechs Modelle vorgestellt – Schwedische Möbel im Autotelefondesign.

Störöng – Sitzgelegenheit mit Elchkopf und gefederter Doppelkernmatratze.

Phonobröd – der Küchentisch für den besonderen Anlaß.

FALS VERBÖNDEN – das Bett für den professionellen Ehebruch. Mit separatem Bettkasten für Liebhaber und andere Postboten.

KONE LÖTUNG – Klappstuhl, der immer im unpassendsten Moment in sich zusammenbricht. Vom Umtausch ausgeschlossen!

LÄCK MON ARS – Komplettküche in blau-lila-gestreift oder graukariert.

KRÖMELGRAB – die praktische Brotdose für jeden Tag.

Die technische Seite

Netze

Daß das Funktelefonieren Technik pur ist, dürfte jedem Benutzer klar sein. Darauf deutet allein schon das schwierige Bedienungsdisplay. Unter zehn Zahlen muß man sich entscheiden – jedesmal. Bei einer sechsstelligen Telefonnummer hat man sechsmal die Möglichkeit, zwischen zehn Zahlen zu wählen.

A-Netz

Das erste und damit älteste Funknetz ist das A-Netz. Ihm war allerdings nur ein bescheidener Erfolg beschieden. Extrem hohe Kosten für den Aufbau der erforderlichen Infrastruktur und die sehr teuren Endgeräte im Kraftfahrzeug erlaubten es nur wenigen Teilnehmern, sich ein A-Netz-Gerät anzuschaffen.

Dabei waren die technischen Erfolge nicht unbeachtlich: Bereits 1968 deckte die Funkversorgung 80 Prozent der Fläche der Bundesrepublik ab. Im Jahr 1971 nutzten gar 10784 Teilnehmer das System. In grauer Vorzeit der Autotelefone wurde jedes einzelne Gespräch noch per Hand vermittelt. Ohne »Dame vom Amt« lief beim A-Netz bis zur endgültigen Einstellung 1977 nichts.

B/B2-Netz

Wer A sagt, muß auch B und B2 sagen. Im Gegensatz zur personalintensiven Handvermittlung existierte beim dann entwickelten B-Netz die Möglichkeit der Teilnehmerselbstwahl. Seit 1972 ist es in Betrieb, und obwohl es eigentlich 1992 auslaufen sollte, ist dem B-Netz eine Gnadenfrist bis 1994 eingeräumt worden.

Nach der Einstellung des A-Netzes erhielt B2 die freigewordenen Frequenzen. Ihre größte Popularität hatten B und B2 1986. Etwa 27000 Fans nutzten für ihre Telefonate diese Verbindung. Dann ließ allerdings die Beliebtheit dieses Oldies nach. Neuer strahlender Held am Netz-Markt: C.

C-Netz

Als wenn es nichts Originelleres als deutsche Postbeamte gäbe, bekam das nächst eingeführte Netz den klangvollen Namen »C«. Zugleich eine Hommage an Postminister Schwarz-Schillings Büroflamme »Christine«. Reiner Zufall, daß sein nächstes Sternchen »Diana« hieß ...

Probeweise wurde der Betrieb im September 1985 aufgenommen. Planmäßig war die Einführung für 1984 und die 50prozentige Versorgung der Bundesrepublik für 1985 vorgesehen. Fertig war man allerdings erst am 1. April 1986. Mit der Einführung wartete man jedoch noch einen Monat – damit es kein Aprilscherz würde.

Zu erreichen sind die 400 000 Nutzer dieses Netzes über die einheitliche Zugangskennziffer 0161 und die siebenstellige Rufnummer. War es beim B-Netz noch notwendig, den ungefähren Standort des Gesprächspartners zu kennen, reicht jetzt die Hoffnung, daß er überhaupt in seinem Schlitten sitzt. Obwohl die neueste Spielerei D-Netz schon auf dem Markt ist, wird uns C noch bis zum Jahr 2000 und darüber hinaus erhalten bleiben.

D-netz

D – ein Buchstabe ein Wort. D wie Dick, Dumm und Doof. Aber auch wie Discothek, Darmtrakt und Digitale Übertragung. Und damit sind wir auch bei der einschneidenden Neuerung des D-Netzes: Die digitale – sprich als Nummernkombination verschlüsselte Übertragung – von Nachrichten.

Mehr Teilnehmer, mehr Anschlußmöglichkeiten und eine bessere Qualität verspricht das neue Netz. Keine Exklusivität mehr. Ein Funktelefon für die Masse, für jedermann – und damit für alle wahren Freunde des Autotelefons ein Grauen.

S/M-Netz

Nach der Privatisierung des Telekommunikationssektors der Deutschen Bundespost stehen neuen Netz-Anbietern Tür und Tür offen. Als einer der ersten hat die französische Firma »M. de Sade« das S/M-Netz eingeführt. Eine wahre Spezialität für einige wenige Funktelefonierer.

Das System ist einfach: Die Übertragung erfolgt wie bisher über Funkwellen. Allerdings dient nur die Hälfte der übertragenen Informationen der Kommunikation. Die andere Hälfte dient der Übermittlung von »Sonderinformationen« – Stromstöße, Peitschenhiebe und elektronische Fesseln. Verstärkt wird das S/M-Netz durch entsprechende Endgeräte wie beißende Telefone, kratzende Hörer und schlagende Displays.

FISCH-NETZ
Seinen Einsatz hat dieses System vor allem im Seefunkbereich. Problem ist noch die schlechte Sendeleistung. Der Versuch mit Bojen als Zwischenantennen scheiterte. Lückenlose Antennenversorgung

ist bisher nur in besonders niedrigen Gewässern wie Binnenseen gegeben. Neueste Versuche mit Hochleistungs-Zitteraalen, Funk-Barschen und Fernmelde-Rochen zeigten jedoch erstaunliche Ergebnisse.

Funkdienste

Wahre Renner der Funkkommunikation sind sogenannte »Funkrufdienste«. Bekannteste Vertreter: Europiepser und Cityruf. Modelle und Geräte für den Angeber mit kleinem Geldbeutel. Nachteil: Bei vielen Diensten kann man zwar gerufen werden, selbst jedoch keine Antwort geben.

Dennoch sind moderne Funkrufsysteme mit vielen technischen Extras ausgestattet. So können die Geräte nicht nur Tonsignale übertragen, sondern auch Ziffernfolgen und ganze Texte senden und empfangen.

Cityruf

Wie der Name schon sagt, handelt es sich beim Cityruf um eine Einrichtung, über die sich verschiedene Städte miteinander unterhalten können. Erst später wurde das System dem Kunden zugänglich gemacht.

Cityruf bietet mehr als nur Töne, er kann auch Meldungen mit Buchstaben weiterleiten. Die Funkrufempfangsgeräte sind noch kleiner und leichter zu verlieren als beim Eurosignal. Vorteil: Man braucht keine Antenne mehr. Auch Empfangseinheit und Modul kann man getrost vergessen. Für den kleinen Geldbeutel gibt es zwei Sparversionen: Die Nur-Ton-Übertragung und maximal 15 Zeichen beim Numerik-System. Zum Vergleich: Die Alpha-Numerik packt 80 Zeichen.

Nicht umsonst nennt man Cityruf-Besitzer die »Sklaven der kurzen Distanz«. Aus 52 Zonen in der Bundesrepublik darf man sich bis zu vier aussuchen. In allen anderen ist man nicht erreichbar. Mehr Mobilität durch Funk wird mit dem verringerten Aktionsrahmen aufgehoben. Der Urlaub in der Karibik ist also aus Empfangsgründen für immer gestrichen. Aber auch Fallingbostel soll seine netten Seiten haben.

Eurosignal

Analog zum Cityruf dient Eurosignal der Verständigung zwischen zwei Ländern. Erst nach fünfjähriger Probezeit konnten auch Privatpersonen Eurosignal erwerben. Bis zu vier wichtige Nachrichten können mit einer Codenummer versehen werden. Beispielsweise belegen wir die Eins mit »Firma sofort anrufen«, Nummer Zwei teilt »Bei der kleinen Maus von gestern Abend melden« mit, die Drei fordert zum Anruf der Ehefrau auf und Vier ist der Urgent-Call »Firma ist Pleite!«.

Aktiviert wird das nervös blinkende Rufzeichen durch Anruf der entsprechenden Teilnehmernummer. Große Rufbereiche und großer Bewegungsspielraum des Teilnehmers sind die Vorteile dieses Systems. Nachteil: Die winzig kleinen Empfängergeräte. Piepst so eins in der riesigen Einkaufstasche vor sich hin, können schon mal wertvolle Minuten bei der angestrengten Suche verloren gehen.

Ein großes Problem sind die auftretenden Funklöcher. Berge, Hochhäuser, Menschen, Zäune, Straßen ... können den Empfang stören. Alternative: Zwei Meter lange Richtantennen mit Empfangseinheit und Modul (Gesamtgewicht ab 25 Kilogramm).

Das ultimative Mobilfunk-Lexikon

Jede neue Technik hat ihre eigene Sprache. Man nehme nur den Computer: Soft- und Hardware, Composer und Composter, Scanner und Spanner – wer will da noch durchsteigen. Ähnliches gilt natürlich auch für den Bereich der Auto- und Funktelefone. Nur ein Eingeweihter versteht die Sprache der Händler, Mechaniker und Vertreter. Klar und deutlich ist meistens nur die Gesamtsumme auf dem Lieferschein. Wer sich von den vielen Begriffen nicht verwirren lassen möchte, liest einfach im folgenden Lexikon nach.

AKUSTIKKOPPLER
Gerät, das elektrische Signale in akustische umwandelt. Aus der Anleitung eines Herstellers: »Damit kann man zum Beispiel mit dem

Telefonmikrofon Steuerungsfunktionen beim Endteilnehmer der Verbindung veranlassen«. Klar, daß man das nicht verstehen muß. Prima geeignet sind Akustikkoppler aber für Telefonate mit dem eigenen Personalcomputer, um sich nach der Wetterlage im Büro zu erkundigen und mathematische Berechnungen über die Oberweite von Frl. Meier anstellen zu lassen.

AUTOTELEFON
Gerät, welches es dem Auto gestattet, mit anderen Autos über Funkverbindung zu kommunizieren. In der Praxis scheitert es allerdings oft an den unterschiedlichen Herstellungsländern der Wagen. Ein Mitsubishi hat zum Beispiel große Schwierigkeiten, einen Renault zu verstehen.

AUTO-DIALING
Auch bekannt als Kurzwahlspeicher. Verschiedene Telefonnummern werden mit verschiedenen Kurzwahlnummern versehen. So wird aus der komplizierten Telefonnummer 030/69 17 254 die wirklich einfach zu merkende Codenummer 77734569821. Ein praktisches System, mit dem alle modernen Geräte mittlerweile ausgestattet sind.

BETRIEBSFUNK
Funkgerät, daß ständig in Betrieb ist, auch sogenannte Stand-By-Leitung.

BIRDIE
Begriff aus der Golfsprache. Da jeder zweite Autotelefonbesitzer auch Golf spielt, ist dieser Begriff in die Autotelefonsprache integriert worden. Er steht für ein Dauertelefonat im Auto zwischen Flensburg und Berchtesgarden ohne Funkloch.

CB
Ist die Abkürzung für den englischen Begriff »Citizen's Band«, was als »Bürgerfunk« oder als »Jedermannsfunk« übersetzt werden kann. Von echten Autotelefonbesitzern auch gern als »Prolofunk« bezeichnet. Auf dem letzten Automobilsalon in Bottrop hat die

Automobilfirma Opel angekündigt, CB-Funk serienmäßig in ihren Manta-Nachfolger Calibra einzubauen. Damit dürfte der Durchbruch dieser Kommunikationsanlage endlich gesichert sein.

CD

Ist die Abkürzung für »chaotische Dummköpfe«. Anderes Wort für Funkpiraten, die fremde Leitungen kapern und nur gegen hohe Schutzgeldzahlungen wieder frei geben. Bisher größter Erfolg: Der Überfall auf das A-Netz und dessen Raub. Bei den Schutzgeldforderungen scheiterten die Piraten allerdings am Beamtenapparat der Telekom. Nachdem das Erpressungsschreiben von der Abteilung für innere Sicherheit zur äußeren Sicherheit gewandert war und 75 Laufstempel erhielt, beschloß man 1977, das Netz aufzugeben.

C-Netz

Das C-Netz der Deutschen Bundespost Telekom ist ein Funktelefonnetz mit vielen ortsfesten Funkstationen. Funktelefone für das C-Netz sind in Deutschland überall erreichbar, für abgehende wie für ankommende Gespräche. Die Anwahl in das C-Netz ist auch aus dem Ausland möglich. Einheitliche Vorwahlnummer 0161.

Chekker

Öffentlicher Betriebsfunkdienst der Deutschen Bundespost Telekom. Er dient zur internen Kommunikation. Nachrichten werden damit nicht mehr wie bisher über das Telefon, sondern per Funkdienst ausgetauscht. Per Funk geht die Nachricht an den Wettersatelliten Eureka, der die Message an den über der Antarktis kreisenden Satelliten INFORM I weiterleitet, der diese an eine auf dem Nordpol befindliche Bodenstation abgibt. Von dort wird die Nachricht per Kabel bis zu den Osterinseln weitergeleitet, wo eine Außenstation der Telekom in Deutschland anruft und die Nachricht per Lochstreifen übermittelt.Techniker bemühen sich derzeit um eine Optimierung des Systems. Spätestens mit der Einrichtung eines weiteren Satelliten über Japan wird sich die Kommunikation noch um ein Vielfaches beschleunigen. In zwei bis drei Jahren hofft die

Telekom auch ein Verfahren entwickelt zu haben, das Rauchzeichen digital entschlüsselt.

Codewort

Begriff, um mit der Bank unserer Wahl per Autotelefon Kontakt aufzunehmen. Wie wäre es mit »Kanarienvogel«, »Rollmops«, »Pappnase« oder »Asbest« ... Echte Ferkel machen aus dem Codewort ein Kotwort. Schließlich wollten wir unserer Bank schon immer mal »Scheiß Kredit« sagen dürfen.

D1-Netz

Europäisches Funknetz auf digitaler Basis, das von der Bundespost Telekom betrieben wird. Ähnlich wie beim C-Netz werden die D-Netze wabenförmig mit über 2000 Funkstationen aufgebaut. Bis

1994 soll das seit Ende 1991 in Betrieb genommene Netz flächendeckend ausgebaut sein.

D2-Netz

Europäisches Funkrufnetz auf digitaler Basis, das von Mannesmann und Partnern betrieben wird.

D3-Netz

Europäisches Funkrufnetz auf digitaler Basis, das vom Eichborn-Verlag betrieben wird.

Display

Videospielähnliche Anzeige im Telefonhörer. Bei einfachen Modellen wird lediglich die angewählte Nummer gezeigt. Moderne Geräte haben aber sogar schon einen kleinen Comicstrip integriert, der das Warten bei Besetztzeichen überbrücken hilft.

Elektronisches Telefonbuch

Speichereinheit für Telefonnummern im Funktelefon. Auch als Zusatzteil erhältlich. Im elektronischen Telefonbuch werden Name und Telefonnummer gespeichert. Ärgerlich wird es bei Stromausfall. Siehe auch Stichwort »Scheiße, große«.

Fax, Telefax, Fernkopierer

Fax und Telefax sind Kurzwörter für »Faksimile«-Übertragung. Bild- oder Schriftvorlagen werden vom Faxgerät zeilenweise abgetastet und über Telefonleitungen oder Funkverbindungen zum Empfänger geschickt. Dort werden sie von einem intelligenten Empfängergerät wieder zusammengesetzt. Vor allem kleinere und billigere Geräte haben dabei schon mal Aussetzer. Schließlich entspricht ein dreiseitiges Fax einem Puzzle mit 247 Teilen. Und da brauchen selbst wir einige Zeit für.

Fernmeldesatellit

Gefährliches Spielzeug der deutschen Telekom. Angeblich soll mit ihm die Übertragung von Telefongesprächen ermöglicht werden. In Wirklichkeit dienen die am Firmament schwebenden Technikkugeln lediglich als Begründung für die immens hohen Telefongebühren.

FISCHERNETZ
In der Seefahrt verwendetes Übertragungsnetz auf Basis von Wellen.

FREISPRECHEINRICHTUNG
Einrichtung, über die ein Gespräch mit Hilfe von Lautsprecher und Mikrophon geführt wird. Für den Autotelefonbesitzer, der zum Abheben des Hörers bereits zu degeneriert ist. Geeignet auch für alle Fettwänste, die mit ihren Wurstfingern die zierlichen Hörer nicht mehr halten können.

KURZWAHLTASTE
Viele Telefone haben diese Einrichtung, mit der man einer Telefonnummer eine Nummer zuordnet und durch deren Betätigung den Gesprächspartner erreicht. Probleme entstehen bei Autotelefonbesitzern mit Kurzzeitgedächtnis: »Jan Meier? War das nun die 7, 2 oder 5 ...

LASER

Beliebtes Zubehör in dritt- und viertklassigen Science-Fiction-Filmen. Meist ist damit der Böse ausgerüstet. Beim Funktelefonieren spielt es leider keine große Rolle.

TELEFONBUCHLASER

NÖBL

Abkürzung für nicht öffentlicher beweglicher Landfunkdienst. Schnelle Verbindung zwischen Landwirten, die sich über die neuesten Milchquoten und den Butterberg austauschen wollen. Mit Erweiterungsmodul auch zum ferngesteuerten Betrieb des Bauernhofes geeignet.

PASSWORT

Vergleiche auch Code- und Kotwort. Mit Hilfe eines Paßwortes können (entsprechend ausgerüstete) Geräte gegen die Benutzung Unbefugter gesichert werden. Ohne Paßwort können dann das Autotelefon oder andere technische Geräte nicht genutzt werden. Als Weiterentwicklung wurde eine Selbstzerstörungseinrichtung der Geräte angeboten. Nach einigen schweren Unfällen mit Geräten, die aufgrund falscher Codewörter explodierten, wurde diese Technik wieder eingestellt.

Speicherung der zuletzt gewählten Rufnummer

Eine besonders bei eifersüchtigen Ehefrauen beliebte technische Entwicklung. Sie können so nachprüfen, ob die zuletzt von ihrem Göttergatten gewählte Rufnummer wirklich der geheime Anschluß des Chefs ist. Führt allerdings oft zu Scheidungen: Entweder war wirklich das Betthäschen des Ehemanns am anderen Ende der Leitung, oder der von den ewigen Anrufen der Ehefrauen genervte Chef entließ kurzerhand den Unglückseligen.

Zähler

Viele Mobiltelefone sind mit einem Einheitenzähler ausgerüstet, der die anfallenden Gebühren berechnen kann. Als Beweismittel gegen Schwarz-Schilling und Konsorten reicht das bekanntermaßen nicht aus. Ein deutscher Beamter kann einfach viel fehlerfreier arbeiten als ein hochmoderner japanischer Computer.

Gefahren und Katastrophen

Auch wenn wir uns vorwiegend über den Segen des Autotelefons ausbreiten, gebietet uns schriftstellerische Sorgfaltspflicht, auch auf einiges Negative hinzuweisen. Schließlich haben unsere Leser ein Anrecht darauf.

TOTE
Immer mehr Autotelefonisten verunglücken im Straßenverkehr. Zwar wächst die Gemeinde der Autotelefoniker weiter, doch gibt die große Zahl der widernatürlichen Abgänge Anlaß zur Sorge. Deutschlands Verkehrsrichter zeigten nun Einsicht: Sie beraten darüber, das Autotelefonieren während der Fahrt zu verbieten. »Zu gefährlich« ihr Bescheid. Wer beim Fahren telefoniert, paßt nicht auf und geht tot. Die Vision der Richter: Von telefonierenden Au-

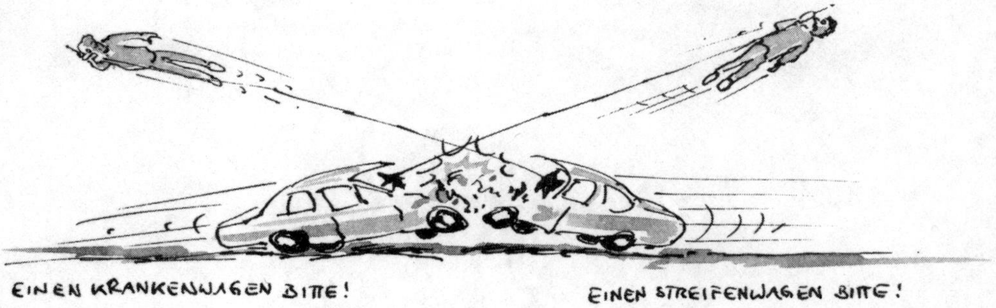

totelefonisten verstopfte Autobahnparkplätze. Die Reaktion der Autotelefonisten: Wir telefonieren weiter, ums Verrecken.

CRASH

So mancher Yuppie hat nach einem unliebsamen Zusammenstoß mit dem Wirtschaftsleben die letzte Leasingrate für sein Autotelefon nicht bezahlen können. Nicht nur Diebe, auch der Autotelefonhandel ist mittlerweile dabei, die teuren Geräte aus dem Auto zu holen. Schnell sind die Zeiten vorbei, wo man in der Cocktailbar sein Handy aus dem Armanijackett holen konnte. Schulterzuckende Erklärungen, das Ding sei wieder mal geklaut worden und das neue komme erst nächste Woche, werden im allgemeinen mit hämischem Grinsen quittiert.

Langfinger

Nicht einmal die gut gesicherte Limousine von Peter-Michael Diestel hinderte Langfinger, das Funktelefon des brandenburgischen CDU-Politikers zu stehlen. Autotelefone werden noch häufiger geklaut als Autoradios. Jedes sechste Autotelefon ist als geklaut gemeldet. Die Versicherungen kostet das im Jahr mehrere hundert Millionen Mark. Konsequenz: Immer mehr Versicherungen lehnen es ab, Autotelefone zu versichern. Die Prämien sind auf über 500,— Mark im Jahr gestiegen. Drum kauft der versierte Autotelefonist schon längst nicht mehr im Laden, sondern bedient sich bei den Sonderangeboten aus zweiter Hand.

Mithören

Auch die breiten Massen sind mittlerweile dankbar für die Einführung des Autotelefons. Nicht nur, daß sie die oberen Hunderttausend als Telefonsklaven im Auto bewundern dürfen. Nein, dank der Mobilkommunikation erfahren sie auch deren bestgehütete Geheimnisse. Ein gutausgerüsteter Funkamateur kann sich problemlos in den drahtlosen Talk der Geschäftswelt einschalten. Bisherige Meisterleistung: Ein englischer Funker schnitt das Liebesgeflüster von Lady Di und ihrem Lover, einem Nobelkarossenverkäufer, mit. Während er den Rolls Royce spazierenfuhr, schickte sie Liebesschwüre durch den Äther, die man kurze Zeit später an jeder Straßenecke nachlesen oder mithören konnte.

Strahlung

Gesundheitsfreaks ahnten es längst: Autotelefone machen krank. Wie wir schon von der Mikrowelle wissen, senden Elektrogeräte unheilvolle Strahlen aus, die unsere Aura zerstören, lebenswichtige Organe angreifen, Herzflimmern verursachen und den Fluß der Gedanken durcheinanderbringen. Wer es nicht glaubt, sollte die Probe aufs Exempel machen. Bei jedem Wahlvorgang wird das Radio gestört oder schnarrt es im stationären Telefon. So stark ist die Strahlung. Wer also auch ungern über Wasseradern schläft und ständig mit einem Pendel der Umweltstrahlung auf der Spur ist, sollte sich spätestens jetzt vor seinem Autotelefon in Sicherheit bringen. Sogar die Lufthansa hat das Telefonieren im Flugzeug untersagt. Sie fürchtet um die Gesundheit von Personal und Fluggästen. Bei einer Studie amerikanischer Wissenschaftler von der University of Columbia kam heraus, daß die Strahlung bei ständigem Autotelefonieren zu einer Schädigung des zelebralen Nervensystems führt. Die Folge: schleichende Verblödung.

VERSORGUNG

Daß das Autotelefon Auto- und nicht Mobiltelefon heißt, hat seinen Grund. Die wahren Autotelefonisten sind nämlich nur eingeschränkt mobil. Kilometerweite Umwege müssen sie in Kauf nehmen, damit sie am C- oder D-Netz bleiben. Nur ein Katzensprung neben der Autobahn gähnt schon das gräßliche Funkloch. Außer in Großstädten und auf einigen hundert Hauptstraßen bleibt die Signalstärkeanzeige ihres Autotelefons auf Null. »Kein Empfang« meldet das Display. Hartnäckiger Arbeitsverweigerung macht sich das Mobiltelefon auf fast allen Strecken der Bundesbahn schuldig. Und völlig aussichtslos bleibt der Versuch, im Flugzeug zu telefonieren. Kein Wunder, daß Autotelefonisten länger brauchen als andere Verkehrsteilnehmer. Ihnen bleibt nämlich nur eins: Fahrn, Fahrn, Fahrn auf der Autobahn.

SPEICHERABSTURZ

Der Segen der Technik kann schnell zu ihrem Fluch werden. Wer das Licht am Auto brennen läßt und damit die Batterie killt, auf den wartet ein ganz besonderer Spaß: Ohne Strom wird der Code gegen Diebstahl und der komplette Nummernspeicher gelöscht. Derart gehandikapte Autotelefonisten erkennt man daran, daß sie laut fluchend zur nächsten Telefonzelle rennen.

TELEFONTERROR

So mancher Autotelefonfan ist schon zum Opfer seines Gerätes geworden. Stichwort: totale Erreichbarkeit. Was es heißt, in jeder Minute seines Lebens Sklave des Telefons zu sein, erfuhr Dieter S. Der 43jährige Steuerberater erlitt eine schwere Telefonpsychose. Täglich bekam er über 600 Anrufe. Nachts hatte er Alpträume vom stundenlangen Telefonschrillen. Selbst nach einem Jahr in einer psychiatrischen Klinik leidet er immer noch unter schubweise auftretenden Rückfällen. Der behandelnde Arzt: »So lange es Telefone gibt, ist dieser Mann nicht zu heilen.«

AUTOTELEFONITIS

Nichts ist schöner als Autotelefonieren. Und wie alle anderen schönen Dinge kann auch das Autotelefonieren zur Sucht werden. Autotelefonitis ist vor allem bei Menschen mit hohem Geltungsbedürfnis sehr verbreitet. Sie tritt zusammen mit dem Vergnügen an dicken Autos und am Rasen auf. Wie alle schweren Suchtkrankheiten ist auch die Autotelefonitis ruinös. Eine Stunde telefonieren kostet immerhin 100,— Mark. Durchschnittliche Autotelefoniker hängen sieben Stunden am Tag an der Strippe. Wie das Bundeskriminalamt mitteilte, beschränkt sich die Beschaffungskriminalität auf die üblichen Bereiche: Häuser-, Finanz-, und Börsenmaklerei.

AUTOTELEFONIKER

Das Autotelefon ist ein lebenswichtiges Organ des Autotelefonikers. Nur mit dem Autotelefon kann er hören und sprechen, erfährt er, was in der Welt geschieht. Die 32jährige Frankfurter Finanzmaklerin Stefanie H. hatte im Laufe ihrer Autotelefonitis ihren gesamten Arbeitsplatz ins Auto verlegt. Anstatt ihre Kunden im Büro zu besuchen, parkte sie davor und rief aus dem Auto an. Selbst ihre Chefs bekamen sie am Ende nur noch per Autotelefon zu hören. Als ihr Freund schließlich Telefonsex leid war und der Firma 30 000 Mark Telefonkosten im Monat zuviel, war Stefanie H. am Ende.

Die anonymen Autotelefoniker

Die AA sind ein Verein ehemaliger und süchtiger Autotelefoniker. Sie versuchen den Autotelefoniker langsam wieder an das normale Telefon heranzuführen. Damit ist er zwar noch nicht von der Telefonitis geheilt, doch zumindest läßt sich so der finanzielle Schaden in Grenzen halten. Als nächstes muß der Telefoniker lernen, daß es möglich ist, sich mit Menschen von Angesicht zu Angesicht zu unterhalten.

Autotelefonikertherapie

Therapien beginnen mit einem dreimonatigen stationären Entzug in Deutschlands einziger Telefonikerklinik. Die meisten Süchtigen flüchten sich zunächst in archaische Kommunikationssysteme. Sie versuchen sich mit Klopfzeichen über Wasser zu halten, und bei Gruppentherapien sind geklatschte Morsezeichen besonders beliebt. Geheilt wird jedoch nur ein sehr geringer Prozentsatz. Deshalb versucht man die Autotelefoniker dauerhaft auf ein stationäres Telefon umzustellen, auch um die Kosten möglichst gering zu halten.